禁じられた結婚

スーザン・フォックス 作

飯田冊子 訳

ハーレクイン・イマージュ

東京・ロンドン・トロント・パリ・ニューヨーク・アムステルダム
ハンブルク・ストックホルム・ミラノ・シドニー・マドリッド・ワルシャワ
ブダペスト・リオデジャネイロ・ルクセンブルク・フリブール・ムンバイ

HER FORBIDDEN BRIDEGROOM

by Susan Fox

Published by Harlequin Japan, a Division of K.K. HarperCollins Japan, 2024

スーザン・フォックス

揺れる乙女心を繊細な筆致で描き、長きにわたって読者の支持を集めつづけている人気作家。大の映画ファンで、とりわけロマンチックな映画は、執筆の構想を練るヒントにもなっていると語る。アイオワ州デモイン在住。

主要登場人物

ローナ・ディーン・ファレル……………会社員。
ケンドラ・ジャクソン……………ローナの異父妹。
ジョン・オーエン……………ケンドラのフィアンセ。ローナの上司。
ドリス・ジャクソン・エラリー……………ローナとケンドラの母親。
メラニー・パーカー……………ローナの親友。
ミッチ・エラリー……………ドリスの義理の息子。油田王で牧場主。
ベン・エラリー……………ミッチの亡父。ドリスの亡夫。

1

ローナ・ファレルはこの前ミッチ・エラリーに会ったときのことを決して忘れないだろう。彼女はそのとき十九歳だった。五年の歳月を経たいまも、その恐ろしい日の記憶は時と共に色あせることなく、まるで二十分前の出来事のように頭に深く焼きついているのだった。

　そしてそのミッチ・エラリーに、また——恐らく数分後に——会おうとしているのだった。そう思うと、彼の記憶が電光のように鮮やかによみがえり、額に光る冷たい汗をローナはこっそり拭《ぬぐ》い、その手のかすかな震えにうろたえた。

　辛《つら》い目や心的外傷《トラウマ》を残すほどのひどい目にはいままでも遭ってきた。だから、それに身構え、生き残る術《すべ》も心得ている。ただ今度は、そのあとで何が起ころうと自業自得だとわかっていて、災難に直面しようとしているのだ。彼女は責任感がひどく強いだけに、やましさのずっしりした重荷が無視できず、だからこそ、吐き気も覚え手も震えてくるのだった。

　エレベーターで横に立っているブルネット美人をローナは用心深く眺めやった。二十四歳のローナよりわずか三つ年下のケンドラ・ジャクソンは、幸い、ローナの苦悩に気づいていない。エレベーターがサンアントニオ・オフィスビルの二十階へと音もなく上がっていく間、ローナはケンドラの美しい横顔から目をはなせないでいた。胸が詰まって目がちくちくしてくるけれど、その凝視に気づかれたちょっとした気配にも神経を張りめぐらしながら、見つめつづけた。ケンドラと過ごせるのもこの数分が最後かもしれないのだ。

ミッチ・エラリーに彼の義妹《いもうと》とこんなに親しくつき合っているのが見つかれば、警察にまでは突きだされないにしても、上司に訴えられて、せっかく苦労して手に入れたすばらしい仕事を失うばかりか、首になった事情から、次の仕事を手に入れるのも難しくなるかもしれないのだ。

ケンドラ・ジャクソン。いまは、ローナの上司ジョン・オーエンのフィアンセ。お高くとまったローナのよそよそしさを根気よくなし崩しにしてしまったお嬢さん。おかげでいまではローナは上司に言われ、彼女の望むままに、頼まれ事をきき、雑用を務める羽目になったのだった。ケンドラは彼女を友人兼打ち明け話の相手にしようと初めから企《たくら》んでいたかのようで、悪意のないその執拗《しつよう》さにローナはすっかりはめられてしまったのだ。それに、ケンドラに時間や関心を奪われるのは、自分一人の胸に秘めているほろ苦い喜びでもあった。

なんの屈託もなく、幸せと恋に酔いしれているケンドラ・ジャクソンはあまりにもナイーブで、他人の秘密や利己的な動機には気づかず、自分が引っぱりまわしたり関心を引こうとしている有能なミス・ファレルが実は片親違いの姉なのだとはつゆ知らないのだった。

ローナのやましさの原因はそこにあった。彼女のほうは、六カ月前ケンドラの名前を耳にしたとたん、妹だと気づいていた。そして、その三週間後ケンドラが、新しい恋人でローナの上司のジョンを、昼食のデートに迎えにオフィスに現れたのを見て、スリルと苦痛を覚えたのだった。

ローナはケンドラに自分が姉だと明かすわけにはいかなかった。二人の母親が自分の産んだ私生児の娘、つまりローナとは、いっさい関《かか》わりを持ちたがらなかったのだ。母親はそれを五年前にはっきり示しただけでなく、義理の息子のミッチ・エラリーに彼女の居所を突き止めさせ、その意図をもう一度押しつけさせるという念の入れようだったのだ。

そのことを、ミッチ・エラリーは、わざとぶっきらぼうに伝えたが、黒い瞳の真剣な輝きや、妥協を許さない厳しく冷たい顔が、静かなその口調に大ハンマーの効果を添えていた。

その日、ローナの母親ドリス・ジャクソン・エラリーはサンアントニオのしゃれたレストランでミッチ・エラリーやその父親と食事をしていたのだった。その店でローナが母親とばったり出会ったのは母親同様ローナにも驚きだったけれど、ミッチにはそんなことは問題ではなかったのだ。その再会をアレンジした落ち着きのない友人は、その日の午後ミッチがローナの居所を突き止めてやってきたときには、どこにも姿が見えなくなってしまっていた。

一部屋のアパートに彼にとつぜん押しかけられてローナは怯《おび》え、事実をありのまま話して身を守ろうとしたのだった。善意の、けれど見当違いの友人が、その不意打ちの再会をアレンジしたのであって、母親と同じほど自分も驚き、ショックを受けたのだと。

母親の望みに背いたり、あんな風におおっぴらに母親に近づいたりはぜったいにしないと、どんなにローナが誓っても、ミッチは厳しい表情をなお険しくするばかりだった。

彼女の説明も心からの謝罪も、まったくおかまいなく、初めは厳しいけれど物静かだった声も、彼女の話をききおわるころには怒鳴り声に近くなり、いかつい顔に浮かんだあざけりの色にローナの心は深く傷つけられたのだった。

そして、友人が勝手に再会をアレンジしたということも、ドリス・エラリーの本当の娘だという彼女の主張もまったくのでたらめだと決めつけ、その落ち着き払った態度自体が怪しいとまで当てこすり、しまいには彼女を、あこぎな言いがかりをつけて、金持ちから金を強請《ゆす》ろうとするまぬけな日和見主義者《オポチュニスト》だと決めつけたのだ。そして小さなアパートから出ていくときは、今度、家族のだれかに彼女が近づくようなことがあれば警察に通告すると脅したのだった。

そのことにも、何年も前に捨てた私生児などいないという顔を母親がしていたらしいと知ったことにも、ローナは打ちのめされ、逆に自分のほうがうそつきだと思われて悔しさにほぞをかんだものだった。

母親の苦境に同情しないわけではないけれど。ドリス・ジャクソン・エラリーはいままだ四十歳。とすると、彼女を産んだときはわずか十六歳だったはずだ。私生児を身ごもった経緯も、生まれたその子を養女に出さなければならなかったことも、母親には辛い経験だっただろう。

母親はその時期を過去のものとして、そんなことがあったことさえ、できれば忘れてしまいたかったのだろう。その気持ちはよくわかる。恐らく、私の誕生とそれにまつわる事情は心のトラウマとして残るような不快なものだったのだろう。

ドリスは最初の子を手ばなしてから二年後にケンドラの父親と結婚し、そのずっとあとに、かなり年上のベン・エラリーと結ばれ、いまは地位も身分もある暮らしをしている。それだけに、私生児を捨てたことが明るみに出たりしたら、どんなうわさを立てられるかと用心深くなっているのだろう。そのようなことにだれもが寛大とはかぎらないのだ。それに、そのことを彼女はエラリー家の人たちに秘密にしていたらしいので、真相があとでわかれば、彼らは自分たちの信頼が裏切られたと取るかもしれない。

エラリー家は石油と牧畜業界の名門で、世間の信望もとりわけ厚く、ケンドラ自身、もう何年も前からその家族の一員で、昔ながらの厳しいモラルで育てられ、きちんとしたマナーで振る舞うようにしつけられた、紛れもない、お嬢様、だった。

ローナも、きちんとしていることがどんなに大事かよくわかっている。きちんとした暮らしができるように一生懸命努力してきたし、人に後ろ指をさされない立派な評判を得ることが彼女には何よりも大切なのだった。

そのすべてがいま崩れ去ろうとしている。彼女の体面は汚され、すばらしい仕事も不面目な形で奪い取られるだろう。その仕事を失いたくなくて、それにケンドラの感情を傷つける気にもなれなくて、ずるずる続けてきたこの状況にミッチ・エラリーが打つ手はそれしかないだろう。

彼女を一目見れば妹からきかされていたミス・ファレルが、「ミス・ローナ・ファレルだとすぐに気づくだろう。あのローナ・ファレルだと。オポチュニストでうそつきと彼が考えたあのローナ・ファレル、警察に突きだすと彼が脅したあのローナ・ファレルだと。

ちょうどそのときケンドラがこちらを見たので、ローナは視線をそらした。エレベーターが静かに止まり、彼女はハンドバッグの下げ紐《ひも》を握りしめて、ドアが開くのを待った。

外に出ると、彼女のすり切れた神経をまたぎくっとさせるようなことをケンドラがやさしい声で言った。

「まあ、ローナ、あなた、震えているのね」ケンドラが彼女の腕を軽く押さえ、二人は立ち止まった。エレベーターのドアが後ろで閉まった。「大丈夫?」

ローナは、引きつっていなければいいけれど、と願いながら、ほほえみを浮かべた。「大丈夫よ。お昼を抜かしただけだから」

「どうしてそう言ってくださらなかったの?」ケンドラが心から気がかりそうにしているので、ローナの胸はきゅんと痛んだ。「外で何か軽くつまんでくることもできたのに」

「おなかが空《す》いていなかったから。いまもよ」ローナは妹にやさしくほほえんでみせた。「あなたただってこのごろ毎日そうではなくて？　結婚のことで興奮し、その準備で忙しくしていると、体が震えてくるまでお食事するのを忘れていたりするでしょう？」

いつもは無頓着《むとんちやく》に振る舞っているケンドラが、いつまでも心配そうにしているので、ローナの胸はまた痛んだ。

「本当に大丈夫？　このごろ働きすぎで、その上、私がサンアントニオ中を引っぱりまわしたりしたから。二日ばかりお休みを取ったら？　もっと前に取ってもよかったくらいよ」

ローナは首を横に振った。「私は働くのが好きだし、挑戦も好きなの。それに週末たっぷり休めば充電もできるし。でも……」二人はオフィスの開いたドアに向かって廊下を歩きはじめた。「……もう本当に仕事に戻らないと。あなたのフィアンセに今朝手紙の束をどさっと渡されて、それを五時までに打ち上げなくてはならないの。デスクに林檎《りんご》が一つあるから、それで当分はもつでしょう」

二人で歩きだしながら、ケンドラは少し眉根を開き、それでもまだ疑わしそうにローナの緊張した顔を眺めていたが、やがてにっこりした。「わかったわ。いろいろお手伝いしてくださってありがとう。けど、くれぐれも働きすぎないようにね」

「重労働は魂にいいのよ」広い戸口を通ってオフィスに入りながらローナは言った。

そしてケンドラの腕に軽く触れた。それはケンドラの気遣いへの暗黙の感謝であり、また彼女を安心させるためでもあった。けれど同時に、そうできる最後かもしれないチャンスを楽しみたかったのだ。

何か用を思いつき、それを口実にこのビルのほかの階に逃げだせれば、避けがたい運命を先のばしにできるかもしれない。そうすればいつかミスター・エラリーと二人きりで会って、自分のしたことを告白し、ジレンマを説明できるかもしれない。そのほうが藪《やぶ》から棒の不意打ちより、向こうの受け止め方もよくなるだろう。

何カ月も前に私はなぜそうしなかったのかしら？手遅れになる前になぜもっと分別を働かせなかったのかしら？

広々した秘書室に入っていって、視線を前に泳がせたとたん、彼女のデスクの向こうの、幅広いソファーの一つから大きな男性がゆっくり立ち上がるのが見えた。

ケンドラもそれに気づいたらしく、大きな声で呼びかけた。「ミッチ！　早かったのね！　ごめんなさい、待たせてしまって」

それからローナの横をすり抜けて義兄《あに》に近づいていった。ローナのほうは、長身の、いかつい感じの男性を見てふいにたじろいでしまったのだ。彼の黒い瞳がこちらの目を鋭く見据え、それから、鋭利な刃物のように彼女の上をさっと走った。

恐怖にとらえられたけれど、ローナは懸命に視線をそらし、落ち着いた足取りでデスクに向かおうとした。正式の紹介をなんとか避けられないかと望んではいたけれど、十分前にケンドラに、義兄が彼女を迎えに来るときかされたときから、そういうチャンスはゼロだと観念していた。あとは、ケンドラや一握りの友人にしか破れない、超然とした平静さで身を包むしかなかった。

ローナがハンドバッグをデスクの引き出しにしまい、パソコンのスイッチを入れようとさりげなく手をのばしたとたん、ケンドラが彼女の注意を引いた。

「ローナ？」

ミッチと並んで近づいてくるケンドラの方を見て

彼女は仕方なくかすかな微笑を浮かべてみせた。そしてどんなときでも主人の命令に従う使用人のように、恐れていた紹介に立ち向かおうとデスクをまわっていった。

「義理の兄のミッチ・エラリーよ」ケンドラに言われ、暗く熱っぽいミッチの視線を迎えようとローナはそちらに目を向けた。「ミッチ、こちらがローナ・ファレルよ」

心臓が喉まで飛び上がり、痛いほど激しく打ちだした。三回の激しい鼓動のあと震えながらローナは氷のように冷たい手を差しだし、次の三回の鼓動の間、覚悟を決めて、災難を待ちかまえた。

ミッチ・エラリーに手を差しだすのは、恐ろしい野獣の口に手を入れるのと同じほど危険なことだ。そのめくるめく思いに、それでなくても消えていきそうな勇気が脅かされる。

けれどそのとき、彼の手が上がってローナは手を取られていた。彼の指は皮膚が厚くて力強く、軽く一握りされても指が砕けてしまいそうだった。けれどしっかりと彼女の手を取ったその握手は、肌こそ労働でかたくなっていたけれど、あたたかく、やさしかった。

何年か前のあの日と同じように、彼は黒のスーツを着ていた。それに、鈍い艶《つや》を見せているブーツ。スーツのほうは大富豪の趣味にふさわしいものだったけれど、胼胝《たこ》のできた手や黒のブーツ、ソファーに置かれたパールグレーのステットソンが、大富豪の油田王の見かけにもかかわらず、彼が根っからの牧場主であることを告げていた。

そしてその牧場主は、牧場という一つの小さな王国を支配するだけでなく、手のひらのざらざらした感触からすると、その王国を維持するために、自ら汗して働くただの牧童でもあるらしい。

二人とも、すぐには手をはなしかねているかのように、見つめ合ったまま、長い何秒かがいっそう長くのびていった。

こちらの手を包んでいる力強い彼の手から、熱い感覚が伝わってきて、それが、ローナの体の奥深く、ひどく原始的な女性の部分に広がっていき、地震のような一連の震えを引き起こした。

「はじめまして、ミズ・ファレル」母音をゆったり引きのばした低く太い声。

彼の指先にかすかに力がこもり、それに促され、ローナは喉に詰まったような声で口ごもりながら答えた。「は……はじめまして、ミスター・エラリー。ミス・ジャクソンから、すてきな方だと伺ってました」

すてきな方？　すてき？　悔しさに顔が火照る。黒い瞳が一瞬たじろいだように見え、いかつい顔にのぞいていた静かな怒りが和らいだ。同情の影でもないかとローナは相手の目を見つめつづけた。すぐに刑を執行しようとする目ではない。けれど、それが一時的な猶予以上のものでないのはわかっていた。

そう、いまは彼も私と対決したりはしないわ。ケンドラの前では。ということは五年前と同じように今度も私の居所を捜してやってくるつもりね。けれどその先はきっと前とは違うわ。ケンドラをはねつけもせず仕事を辞めもしなかったのですもの、きっと前のようにはいかないわ。

ケンドラの低い声にローナははっとした。

「まあ、驚いた。史上まれな長い握手ね」

ローナは思わず手を振りはなそうとした。けれどミッチの大きな指に力がこもり、ゆっくりとはなすしかなくなった。それは、傍らで見ている若い女性には、未練たっぷりに、しぶしぶはなしているように見えたにちがいない。熱烈に愛し合っている二人が、はしたないと思われるのを恐れて、触れ合うのをやめるかのように。

そんな勘ぐりをしているだろうと、ローナはケンドラの顔をまともに見られなくて、その向こうに視線をさまよわせ、自然に見えるようにと願いながら、両手を前で合わせた。「ごめんなさい、お二人には悪いんですけど、私、仕事に戻らなくてはならなくて」

そのあとケンドラが、義兄の先に立ってジョン・オーエンのオフィスに入っていき、またすぐに二人で出てきて、ローナにさようならと手を振り、彼と連れだってドアから廊下に出ていくまで、すべてはあっという間の出来事だったけれど、ローナには何時間にも感じられた。

その無限にも思える間続いていた狂ったようなキーボードの音が、エレベーターのドアの閉まるのがきこえたとたん止まった。そしてローナはようやく自分を取り戻し、でたらめな文でいま埋めたばかりの画面をページバックし、全文を範囲指定して、デリートキーを押した。

そしてまだざわめいている頭をほかのことで埋めようと思い決め、その朝、口述筆記した手紙を取り上げ、腰を落ち着けて本気で仕事にかかろうとした。それでもまだ気が散り、集中して手紙が打てるようになったのは、また永遠とも思える時間が経《た》ってからだった。そして五時十分前に彼女が仕事を終えるころには、ジョンは手紙にサインをして帰ってしまっていた。

また不安が戻ってきて、ローナはオフィスに残り、メールの仕上げをし、できるかぎりほかの仕事も片づけようとした。このあとの何時間かの間で何が起こるかわからない。月曜日にこのオフィスに戻ってこられなくなったり、数日ばかり休みを取らなくてはならなくなるかもしれない。ミッチ・エラリーがどんな手に出るかわからないし、もし彼が前に脅していたように警察が関わってくるようなことになれば、雑用をすましにすら二度と戻ってこられないかもしれないのだ。

細々した仕事が終わると、彼女は机の上や引き出しから私品を集めてハンドバッグに入れ、それに収まらないものは、残った仕事を持ち帰るときに使っている布製の手提げ鞄《かばん》に入れた。最後にもう一度辺りを見まわして、郵便局で投函《とうかん》する手紙を取り上げ、電気を消して外に出た。

ほかの社員は何時間も前に帰ってしまい、愛想のいい顔を向けるのもガードマンだけですみ、ローナはほっとした。ロビーに着き、にっこりして、おやすみ、と言うと、ガードマンが先に立って慇懃《いんぎん》にドアを開け、また夜の戸締まりのために鍵《かぎ》をかけた。

車を今朝置いた、いまはほとんど空っぽの駐車場まで来ると、頭がずきずき痛みだした。アパートをミッチ・エラリーにもう見つけられ、見張りに便利な場所で待ち伏せされているかもしれない。それも仕方ないと諦《あきら》めをつけようとしながら、彼女は車をスタートさせ、駐車場を出て、郵便局に寄り、それから家へ向かった。

もう一度の執行猶予や延期を望んでも意味はない。この数時間の不安ですらすでに耐えがたいほどになっている。この日が来ることはもう何カ月も前からわかっていた。もっと前にミッチ・エラリーと連絡を取るべきだった。そうしなかったのはまったく身勝手な理由からだった。

ケンドラのおかげで、子供のころから憧《あこが》れていた家族の味を味わうことができ、それを拒む強さが私にはなかったのだ。家族や家庭や血縁という感触は私にはこの世でいちばんすてきで神聖なもので、そういういちばん大事なものをわずかの間でもかいま見、味わえたのだ。高い代償を払わされても仕方がない。

そして、ミッチ・エラリーが決める貨幣でその貴重な宝物の支払いをするときがついにやってきたのだ。その支払いは私を打ちのめすようなものにちがいない。けれど、さっさと支払い、自業自得と諦めるつもりだった。

ようやく我が家の通りへと曲がり、自分のビルと隣のビルの間の私道に車を乗り入れたとき、見慣れない車がないか辺りを見まわしたい衝動にローナは抗《あらが》った。そしてようやく自分の部屋に入ったとたんブザーが鳴った。小さな一階ロビーの正面ドアの外に取りつけられているコールボックスからだった。

それと同時に、狭い玄関を横切ってインターフォンのボタンを押す前に、ドアにノックの音がした。動転していた彼女は、遅まきながらその音に気づき、ほっとしてドアを開けたのだった。

大の親友のメラニー・パーカーが、挨拶《あいさつ》代わりににっこりしたが、ローナの青ざめた顔を見て、とたんにその笑みが消えた。

「どうしたの？」

ローナは不安そうに吐息をついた。「あなたが家にいてよかったわ。お願いがあるの」コールボックスからのブザーがまた鳴った。ローナは親友の手を取った。「ミッチ・エラリーのこと、覚えてるでしょう？」

メラニーの美しい顔に驚きが表れた。「まあ、大変。何をしてあげればいいの？」

ありがたくてローナは目がきゅっと熱くなった。メラニーは、妹と一緒に過ごしたいという望みを彼女が密《ひそ》かに満足させているのを知りながら、その危険について二度ほど忠告しただけで、そういう気持ちがだれよりもわかるだけに、反対意見はほとんど自分の胸一つに収めていてくれたのだった。けれどミッチの来訪が何を意味するかはローナと同じほどよくわかっていたのだった。

「彼が上がってきたら」震える声でローナは言った。

「数分後に私のことをチェックしてみてほしいの。わざわざ来なくても、電話だけでいいから」

メラニーは心配そうな顔になった。「ひどいことをされそうなの？　暴力を振るわれるとか？」

まあ、それは考えていなかったわ。でも、たぶんそんなことはないわ。ローナは首を振った。

「すごく怒ってはいたけど、ひどいことはされないはずよ。そんなことではないの。私、たぶん、オーバーに反応しているんだわ」

コールボックスからのブザーがまた鳴った。彼女はメラニーを廊下に押し戻した。

「これ以上待たせてはおけないわ。お願い、電話して……二十分後に」

「そんなに遅くていいの？」

「ええ、二十分後」ローナは繰り返し、友人を心配させたことにふいにやましさを覚えて、にっこりしようとした。「きっと大丈夫だから」

メラニーは得心はしなかったようだけれど、うなずいて後ずさりに廊下を横切って帰っていった。ローナはドアを閉め、もう一度ブザーが鳴る前にインターフォンのボタンを押した。もしすごく運がよければ、下にいるのはミッチ・エラリーではないかもしれない。

「はい？」緊張した声で低く彼女は答えた。

ミッチの耳障りな声がそっけなく言った。「やはりここだったんだ」彼女の声がわかったらしい。

ちゃんとした挨拶もなければ、〝ローナ・ファレルですか？〟でも、〝入っていいですか？〟でもない。電子ロック錠を外すかどうかは彼女の気持ち次第、という認識すらない。怒った雄牛のように押し入ってこなかったのは、ここがお目当てのアパートかどうか確かめたかっただけかのよう。

けれど、ビルの保安性はときどきルーズになる。ロックしたドアを通るにはほかの住人を待って一緒に入ってくることもできたはずだ。そうしなかったのは正直だし、正々堂々としてるとまでは言わないけれど、礼儀は心得ているらしい。

「そうよ」彼女は諦めて答え、一瞬ためらってから、彼を招じ入れるためにボタンを押し、階下のロックを外した。

それから本物の恐怖がこみ上げてきた。さあ、いよいよだ。彼はきっと雄牛のように押し入ってくるだろう。瞬く間に階段を上りきったらしく、廊下をつかつかと進んでくる音がする。重いブーツのその足音が怒りのリズムを刻んでいる。大股で速やかに近づいてくる仮借ない響きに、不安が少なくとも千倍は高まった。

ドアが激しく叩《たた》かれれば、その音に神経が耐えられそうにもないと、ローナは先に手をのばしてそれを開けた。

2

開いた戸口につんとして立っているローナを見て、ミッチは、彼女がケンドラと一緒にジョン・オーエンのオフィスに入ってきたときと同じ密《ひそ》かなショックを覚え、それを押し殺した。

ローナ・ファレルはほっそりとして小柄だった。つややかな黒髪を肩の長さで内巻きにし、目は大きくて深々としたブルー。ルネッサンスの肖像画に見るような、エレガントで華奢《きやしや》な顔立ちをし、ケンドラとは間違いようもなくよく似ていた。

五年の間に顔立ちがすっきりして美人になり、上品で優雅で、女王の落ち着きさえうかがえる。だが、五年前と違って何より顕著なのは、ケンドラによく似ていることだった。だからこそ、もう一度ドリスにトライできると彼女は考えたのだろう。

ローナが今度も直接ドリスに接近しようとしたのならまだ少しは許せる。昔、子供を養子に出したことがあるとドリスもついに打ち明けたのだ。ただその子がローナ・ファレルのはずはないと言った。簡単な血液検査で、ローナの二度目のトライは阻めただろう。彼女もきっと自分のぺてんがどんなに簡単に証明されるかを知っていたのだ。

だが彼女はドリスに直接アタックする代わりに、今度は、ケンドラの暮らしに巧みに入り込んできたのだ。それだけでもローナというのがどんな女性かわかる。ケンドラがジョン・オーエンと婚約するずっと前から、ローナがジョンの下で働いていたことは、この数時間で調べがついている。だが、だからといってケンドラと友人になることはないはずだ。ここまでケンドラに深入りしてくる権利も。

ケンドラはやさしくてナイーブで子供のようなところがある。意地っぱりで、少々わがままだが、楽天的だし、若くて人がよく、世の中の裏が見えていない。世間にはうそつきやオポチュニストがうようよいることを知らないし、嫉妬《しっと》深い連中が、彼女を、金を持っているというだけで、け落とそうとしたり、貪欲《どんよく》な連中が彼女をだまして金を巻き上げようとするといった、苦々しい現実にまだ傷ついたことがないのだ。

そんなケンドラの信頼に巧みに取り入ってこようとするローナ・ファレルはやはり二流の人間だ。ケンドラが世の中のあり方に気づくべきだとはずっと前から思っていたが、それをローナから彼女に教えてもらうことはない。

ローナは何も言わない。彼も無言のまま、開いた戸口からつかつかと中に入った。

ローナは五年前の小さなワンルームのアパートの

ころよりはかなり暮らし向きがよくなったようだった。室内は明るい白に塗られ、家具は、中古らしいが、趣味のいいものが揃《そろ》っている。色やちょっとした小物でインテリアにアクセントをつけるのが好きらしく、高さが三十センチ以上で、まつげが三センチ近くもある、ひょろ長いパロミノのポニーの奇抜なカリカチュアが、ハードカバーやペーパーバックの並んだアンティークの本棚の前に置かれていたりする。

紫がかった灰色のフラシ天のソファーには古風なかぎ針編みレースのクッションがセンスよく並べられ、壁には高価ではないが趣味のいい絵が何点かかけられている。テーブルは、華奢な脚の、黒っぽい色のものが好みらしい。キッチンには食卓の真ん中にシルクの造花が飾られ、二部屋とも、磨き抜かれた床が深い艶《つや》を見せている。

すべてがこぎれいにきちんと片づいている。これは、最近暮らし向きがよくなり、それに感謝して、どれ一つないがしろにせず、一つ一つ丹念に手入れしている女性の部屋だろうか？　それとも彼女はチャンスさえあればいいものがほしいタイプで、この手入れのよさは、物欲が強く、もっとよいものをもっとたくさんほしいという気持ちの表れだろうか？　ローナのことは頭から疑ってかかっていたので、辺りをこぎれいにきちんと片づけているのは、それがいい習慣だからだ、とは考えないようにしていた。

彼はステットソンを脱ごうとはしなかった。脱ぐのが礼儀だし、室内ではそうするものだが、ローナに礼を尽くすつもりはなかった。震えがちな声を耳にし、無愛想な視線を彼はそちらに向けた。

「お座りになりません、ミスター・エラリー？　何かお持ちしましょうか？　コーヒーかソ、ソーダ水でも？」

小さな口ごもりに頬をぱっと染め、華奢な指をぎゅっと握りしめている。怯《おび》えているのだろう。隠そうとしているらしいが、スーツの下で肩がかすかに震えていた。

「僕は社交で来たんじゃないんだ、ミズ・ファレル。きみのせっかくのマナーも僕には無駄だよ」

彼女の頬がさっと青ざめた。五年前と同じようにやはりすっかり怖《お》じ気づいたのだ。こうなればこっちの思いどおりに牛耳りやすくなるだろう。

彼は胸に手を上げ、その動きに彼女がはっとたじろぐのを見て眉を寄せた。それからスーツのポケットに指を入れ、小切手を取りだし、額面が見えるように差しだした。

彼女の深々と青い目が、思わず数字に落ちた。それから瞳に何かが煌《きら》めいた。驚き？　それとも、当惑の色だっただろうか？

「オーエンに二週間予告の辞職願を出して、会社を辞めてもらいたい。次の仕事が見つかるまでこれで足りるだろう。サンアントニオ以外の土地で新しい仕事を見つけるならこの倍を出そう。五年間、毎年僕の弁護士の口座にこの倍の金額の小切手を振り込んでおく。きみがサンアントニオを出て、ケンドラとも没交渉でいるかぎり、今後五年間、毎年、一年ごとの金額をその弁護士から、サンアントニオ以外の土地のきみの選んだ銀行口座に移してもらう」

ローナの体が揺らいだように見え、彼は言葉を切った。だが、ショックを受けたその様子にも同情はしなかった。望んでいるものをこんなに易々《やすやす》と与えられたショックに決まっている。小切手の額面から、その何倍もの金なら、扱いに気をつければ、これから先何年も貪婪《どんらん》な金銭欲が癒《いや》されるとわかるはずだ。

彼は先を続けた。

「五年後に金の受け渡し契約は切れる。そのときには金銭授受の各記録が残る。きみがまたケンドラに近づこうとすれば、きみを強請《ゆすり》で法廷に引っぱりだすだけの証拠を我々は握っていることになる」

「こんなことがよくもできるわね、ミスター・エラリー?」

声を詰まらせ、彼を見上げた目が激しい怒りを見せていた。さっきから体をかたくして彼の前に立っていたが、その体がいっそうこわばり、動けば骨がぽきぽき言いそうだった。

彼は差し上げて見せていた小切手を下ろし、スタンドののったテーブルにそっけなく投げだした。

「きみこそよくこんなことができたね、ミズ・ファレル。五年前と違ってきみはいまはケンドラと似ている。それを利用しようと、無邪気な子供の暮らしに入り込んだりすることが。きみは、ドリス・エラリーの長い間行方不明だった子供でもなんでもない。ケンドラに何か一言でもそれらしいことをほのめかしたら、我々は法廷に血液検査の申し立てをする。その結果がマイナスと出たら、きみは逮捕歴と、恐らく前歴も持つことになるだろう」

言葉を切り、その意味が相手にはっきりわかるまで待つ。ローナの顔はいまは真っ赤になり、体も小刻みに震えている。彼は厳しい口調を緩めなかった。

「幸せな生活を選ぶんだね、ミズ・ファレル。金を受け取って町を出るんだ。きみはきれいだ。頭もよさそうだし、趣味もいい。金持ちのおじさんでも見つけて、指輪なりデートなり待てばいい」

「出ていって」ローナの声は体と同じほど激しく震えていた。

「徒《あだ》や疎《おろそ》かで言っているんではないんだよ、ダーリン。それに、きみは賢いから、これがただのこけ威《おど》しでないことはわかっているはずだ」

「出て、いって」

二つの言葉にそれぞれの強調を置いてローナは言った。自分がどんなにばかで、ケンドラとの関係をどんなに長くそのままにしておいたとしても、こんなことに耐えるいわれはない。ミッチ・エラリーの礼儀とかフェアプレーの精神なんてこんなものよ。この人は私を脅して罠《わな》にはめようとしている。そのことがあまりにも腹立たしく、気が遠くなりそう。その黒い点が視野の中で躍り、目がかっと熱くなり、全身が焼けるような感じがする。

それでも彼は帰ろうとしない。大理石の柱のように突っ立ったまま。彼の全身からほとばしる憎しみがあまりにも威嚇的で、ローナはいっそう怒りと苦痛をかき立てられた。

殴ってくれたら、とむしろ思ってしまう。それだって、この侮辱の容赦ない痛みよりはましだ。まして、彼女よりずっと大きく強い男性の脅しよりは。彼女の頭は相手の肩までしかなかった。もし殴りかかってきたら、九一一に電話すればいい。

けれどこの脅しには無力だった。だれからにしろ死んでも一セントだってもらう気はないけれど、彼は私を強請の罪に陥れようとしているし、その方法も持っている。

ミッチ・エラリーは弱いものいじめの威張り屋だ。けれど、ふいに何もかもがどうでもよくなった。この数カ月の様々な感情、かき立てられた古傷や古いトラウマ、この対決の恐ろしさ、それらが彼女の体を金縛りにしてしまったようだった。

急いで食べた二口ばかりの朝食、抜かしてしまった昼食、食べそこなってオフィスから持って帰った林檎《りんご》、そのすべてがふいにほかのものと一緒になり、彼女は奇妙な虚脱状態に陥り、黒い点がいっそう速くいっそう多く躍りだした。

うろたえていちばん近くの椅子をつかもうとした。よろっと一歩踏みだしただけで、ミッチがふいに動くのが感じられ、それから世界が真っ暗になった。

彼は初め、ローナに手を差しだすのをためらっていた。気絶を装っているのだと思ったのだ。それからその腕をつかまえたが、一瞬遅く、彼女は急にくたくたとくずおれて、防ぐ間もなく、コーヒーテーブルの角で額をすりむいてしまった。

ミッチは彼女を抱き寄せ、ソファーに横たえたが、その小さな体はぬいぐるみの人形のようにぐにゃぐにゃしていて、体重はほとんどないはずなのに、びっくりするほど扱いにくかった。

右のこめかみにピンク色の打ち傷ができていてすでにみみず腫《ば》れの様子を見せている。彼はうろたえた。コーヒーテーブルにぶつかったときも彼女はぴくりともしなかったし、みみず腫れの周囲にそっと手を当ててみても、まつげに反応らしいものは何一つ現れない。

ちくしょう。気絶するほど激しくテーブルの角にぶつかったわけでもなし。するとその前に本当に完全に気を失っていたのだ。めったにないことにずしりとやましさが腹に堪《こた》えてくる。自責の念から、ぐったりした彼女の手を取り、両手で包んで温めた。

「ミズ・ファレル、きみが早く意識を取り戻さないと、二人のどちらかが困ったことになるんだよ」

歯を食いしばって、そこまでは認める。動かない彼女の手の甲をぴちゃぴちゃ叩《たた》いたが、なんの反応もないと知って、今度は血の気のない頬を軽く叩く。黒く美しいまつげは閉じられたままで、ぴくりとも動かない。またもや不安が胸を刺す。

彼女の手を細いウエストにそっとのせ、立ち上がってバスルームを見つけに行く。きちんとたたんだタオルを、洗面台の上の白いバスケットから取りだし、シンクの中の勢いよく流れる水の下で濡《ぬ》らした。

余分な水をしぼり、彼は大股で居間に戻った。彼女のまつげがいまはかすかにぴくぴくしている。ソファークッションの端の、彼女の腰の横にかけ、濡れた冷たいタオルをその頬に当ててみる。ありがたいことにローナが、その感触を避けようと弱々しく顔をそむけた。

今度はもう片方の頬にタオルを当て、気づくと、また彼女の手を取っていた。指が絡んできたが、握り方は弱々しい。

「しっかりして、ダーリン。さあ、頼むからしっかりして」低い声でつぶやいている自分に彼は驚いた。

ふいに、びっくりするほどやさしい気持ちがこみ上げてくる。後悔のせいかもしれないし、傷ついた動物にいつも感じる単なる同情だったかもしれない。あるいは、ローナがケンドラにあまりにも似ていたからかも。理由は何にしろ、彼女に感ずるやさしさは、不思議とそれほどいやなものではなかった。

そして、抗議するように小さくつぶやかれ、彼を避けようと華奢な片手を上げられたときは、自分がまるで人でなしのように感じられた。

片手で胸を押しのけられていたがそれを外しもせずに、冷たいタオルでそっとみみず腫れに触れてみる。その感触に彼女はたじろぎ、はっと息をのんで顔をそむけようとした。

「動くんじゃない」口調が思わずきつくなり、ローナのまつげがふいに濡れた。はっとして、声を和らげようとすると、しゃがれ声に近くなってしまった。

「僕に任せて、ダーリン」

ダーリンと二度も、それも真剣に呼びかけてしまったことが新たなショックだったが、ローナは静かになった。濡れたまつげが開き、青い青い瞳が、怪しむように彼の顔に注がれた。その瞳に恐怖がありありと見え、身動き一つするのも恐れているかのように、じっと横になっている。

彼は激しい後ろめたさに襲われて落ち着かず、警戒するような相手の凝視から目をそらした。それから、危害を加えるつもりはないと知らせる何かを言おうと、視線をまた戻した。

「気絶するほど僕はきみを怯えさせてしまったみたいだね。僕が支える間もないうちに、きみはコーヒーテーブルの角に額をぶっつけてしまったんだよ」

戸惑ったように、青い瞳が翳《かげ》った。その戸惑いの中に不信もまだ残っている。プライドに息が詰まりそうになりながら、それでも彼は謝った。「すまなかった」これ以上目を合わせていられなくて、タオルを持ち上げ、小さなみみず腫れを調べてみた。「そいつを冷やす氷を取ってくるよ」

「いいえ、氷はいいの」低い声にミッチは足を止め、彼女を見下ろした。「もう、帰ってちょうだい」

怯えてはいるけれど、気力は取り戻したらしい。拒絶に遭って、責任感が逆なでされた。「いや、きみが大丈夫だと見届けるまでは帰れない」

ローナはとっさに言い返してきた。「いいの、あなたの助けはいらないわ」

「どうしてそんなことがわかるんだ？　そんなに始終、気を失って倒れているのかい？」

「気を失ったことなどないわ」

彼は短い笑い声をたてた。ローナが驚いたようにぴくっと体を動かし、目にまた暗く警戒の色が浮かんだ。その反応を無視して、彼は念を押すように身をのりだした。

「きみはいま気絶したんだよ、ミズ・ファレル。それを日記に書いておくんだね」

なんと答えようかと、ローナは一瞬言葉を探っているようだった。「わ、私、今日、食べていなかったから」

その言葉に彼はまたちくりと胸が痛んだ。「給料日まで金がないとか？」

ローナは頬をさっと染めた。「お金はたくさんあるわ。忙しくておなかが空《す》いたと感じている暇がなかったのよ」

「ここ数カ月、ケンドラとの仲が深まっていくのが心配で食欲がなかったと打ち明けるつもりはない。

ミッチが立ち上がった。見上げるように背が高い。

「このタオルに氷を入れて、それから、この家の中に何か食べ物がないか見てくるよ」

彼が大股で立ち去っていき、ローナは驚いて起き上がった。おずおず額にさわってみたが、かすかな痛みを感じるだけだった。起き上がるとくらくらする。けれど、彼を思いとどまらせて帰ってもらわなくてはと、床に足をつけた。

あの人、どうしてすなおに帰ろうとしないのかしら？ 命令されたり脅されたり、それだけでも十分不愉快なのに、今度は追い払えもしない。それに、なぜ私のことを心配するの？ さっきは私に、自分の足元の塵芥《ちりあくた》でもあるかのような口のきき方をしておいて。それだけにいまの彼の心配ぶりにかえってうろたえ、ひどく胡散《うさん》臭くも思えてくるのだった。彼は私を憎み、強請の罪に私を陥れようとさえした。そんな人に親切にされるのはプライドが許さない。

小切手を取って立ち上がり、おぼつかない足取りでキッチンに行き、戸口で立ち止まって、足がしっかりするのを待った。

こぎれいなキッチンの中のミッチは、邪悪な巨人のようだった。さっき居間でもそうだったように、並はずれて堂々とした押し出しのせいで、まわりのものが小さく見える。タオルにはすでに氷を入れていたが、いまは冷蔵庫を開けて中をのぞいている。

ふだんは金曜の夜にする食料の買い出しが今日はまだなので、冷蔵庫の中は恥ずかしいほど空っぽだった。彼がこちらを見た。咎《とが》めるように顔を険しくしている。

「食べてないはずだ。調味料と二日前に賞味期限の切れたミルク以外、ほとんど何もないじゃないか」

ローナはキッチンを横切っていって、大きな手からタオルに包んだ氷を取り上げ、それをシンクにぽいと捨てた。それから小切手を慎重に相手のポケットに入れ、思い切って彼と冷蔵庫の間に割り込んでドアの上に手をかけ、彼を押しのけてそれを閉めようとした。けれどその前に手をつかまれてしまった。

はっと目を見張って相手の目を見上げ、取られた手を振りほどこうとしたけれど、しっかりと握られている。

彼はひどく大きくたくましく、男性的で、冷蔵庫の前の小さなスペースがふいに息苦しく感じられた。開いたドアから吹いてくる冷たい空気も、二人の間の熱気や、彼女の肌を稲妻のように走って身内を火照らせたひりひりする興奮には効き目はなかった。

ぶっきらぼうで太い彼の声がローナの体の中の奥深いどこかをすっと撫《な》でた。「この際、いい考えとは言えないが、外に食べに行こう」

「いいえ、行かないわ」

黒い眉がいらだったように下がった。「きみは何か食べなくては。まずその腫れをなんとかして、それから出かけよう」

ローナは取られた手を引っぱった。今度は彼もすなおにはなした。「あなたとは通りの向こうまでも行かないわ」顎をほんの心持ち突き上げる。「それに血液検査については泣きを見るのはそちらですからね、ミスター・エラリー。あなたは仕切り屋さんらしいから、アポを取るのはお任せするわ。取れたら、私、そこへ出向きますから」

むっとしたように彼の目がぎらつき、ローナはよろけそうになった。

「いいとも、きみのはったりを暴いてやるよ、ミズ・ファレル。血液検査はいずれ受けてもらおう。だがいまは、もう一つのきみのはったりをなんとかしなくては」

ふいに身をかがめられ、ローナは半歩下がったところで、まるで小さな子供ででもあるかのように抱き上げられていた。そして、その素早い動きに頭がくらくらし、思わず彼の広い肩につかまってしまっていた。相手も、彼女にめまいを起こさせたと感じたらしく、キッチンからすぐに連れだそうとはしなかった。

「きみって女は、いったいどうすればいいんだ」怒った声でぶつぶつと言う。ミンーの香りの温かい息が彼女の頰にかかってきた。

「私を下ろして、帰ってくだされぱいいのよ」

いらだちを深めながら彼はローナの顔を見下ろした。「そうやって頑固に強情を張っているから困ったことになるんだ。ケンドラからも手を引こうとしないと、そいつを思い知ることになるからな」

ローナは怒りがかっとこみ上げてきた。「頑固で強情なのはそっちでしょ、ミスター・エラリー。私を下ろして」

「無理だね」彼はつかつかと居間に戻り、ローナを安楽椅子に下ろした。

椅子の横のテーブルにあった電話がけたたましく鳴りだした。彼が受話器をつかもうとしないのにかすかな驚きを覚えながら、ローナは手をのばしてそれを取った。彼がそびえるように前に立っている。

メラニーの心配そうな声が電話線を伝ってきた。「大丈夫? 彼が帰るの、まだ見ないけど」

こちらを見つめ、不機嫌そうに眉を寄せているいかつい顔をローナは見上げた。ミッチ・エラリーはハンサムな男性ではないと彼女はそのとき気づいた。目鼻立ちは荒削りで、決して整ってはいない。けれど一種のカリスマ性があって、もっと造作の整った、いわゆるハンサムといわれる男の人と同じほど、女心を引きつける魅力がある。むしろそんな男性たちよりも魅力的かもしれない。

そんな考えに気を取られてしまっていたことに驚

いて、ローナは彼から視線をはなした。「大丈夫よ、メラニー。そして、そう、彼はまだここにいるわ」それからある考えがふいにひらめき、招かれざる客を見上げた。「どうしてもお引き取りいただけないのよ。でもあなたが胡椒《こしょう》のスプレーを持ってくれば気を変えるかもしれないわ」

ミッチの顔がまた険しくなり、ちくしょう、とでも言うように厳しい口元が動くのが見えた。「まあ、大変」無言のその悪態が電話越しにきこえたかのようにメラニーが急《せ》き込んで言う。「すぐに行くわ」

「五分間待ってあげましょうよ。それから来てちょうだい」

「なぜ五分間待ってあげるのか、そこに行ったとき説明してよ、いいわね?」

「わかった、いいわよ」メラニーが電話を切り、ローナは受話器を置いた。「さあ、帰ってちょうだい」

椅子にゆったり座りなおして、彼を見る。「いまのはお向かいに住んでいる友人なの。彼女、胡椒のスプレー容器は持ってないけど、すごく忠実で面倒見がいいのよ。あなた、彼女が代わりに持ってくるかもしれない、スプレー入りの香辛料や家具の艶出しや染み抜き洗剤の臭《にお》いをぷんぷんさせて車を家に走らせることになるかもしれないわよ」

「その友だち、サンドイッチは作れるかな? きみの血糖値を上げてくれる?」

ローナは驚いた。この人、少しは本気で心配してくれているらしい。胸にぐっときて、彼への怒りが和らぐのが感じられた。

「サンドイッチよりもう少しはましなものが作れるはずよ。お料理は得意なんだから。それで思いだしたわ。彼女、ワイヤ製の泡立て器かポテトマッシャーを持ってくるかもしれないわ。そういうので暴君のご亭主がどんな目に遭うか、見たことある? それについての研究は詳しくされていて、その写真ときたらそれはもうぞっとするものよ」

怖いような彼の表情が和らいだ。断固としたところが少し緩んだように感じられ、厳しい口元がかすかに歪《ゆが》んでいる。これでも微笑のつもりなのだろう。けれど、本当におもしろがっているとしても、それを口に出しては言わなかった。

「その人、今晩きみの面倒を見てくれそうかな？」

その言葉に含まれる気遣いが彼女にはふいに苦痛になり、顔から微笑が消えた。「なぜあなたがそんなことを気にするの？」考えるより先に言葉が口をついて出ていた。

彼が唐突に前屈《かが》みになり、椅子の両肘に大きな拳《こぶし》をついた。顔が間近になり、彼女の全身を走った戦慄《せんりつ》は驚くほどセクシーなものだった。

「ケンドラのことがなければ、さみは僕にとって……忘れられなくなった人だったかもしれないから」

ぶっきらぼうにそう言われて足の先までショックが走り、どう答えようかとローナは戸惑った。

「そして、もし血液検査でケンドラが私の妹だと証明されたら？」

また怒ったらしく、ミッチの表情が石のように冷たくなった。「証明されるはずがない」

「いいえ、されるわ、ミスター・エラリー。そしてされたとしても、何も変わらないわ。ドリスはその結果を認めようとしないでしょうから」言葉に出してそれを言うと、古い痛みが胸に突き上げてきて涙が目を刺した。でも、懸命に無視しようとした。そして彼の厳しい目から視線をそらさないようにして、きっぱりと言った。「それよりも私の勘では、彼女、ぜったいに血液検査を受けないわ」

「受けるさ。そうすればきみを完全に追い払えるから」

また怒らせたので彼は仕返しにそう言っているの

だ。ローナはにっこりして見せたが、それは本物の微笑ではなく、胸を締めつける痛みを少しでも和らげようとして、しかめっ面に近くなってしまった。

「私を追い払うために、彼女はあなたに小切手を持たせて寄こしたんでしょ。彼女が望む決着の付け方はそれだけよ」

ミッチが体を起こした。黒い瞳が何かを推しはかるように彼女の目を見つめている。

「とにかく何か食べなさい。また連絡するよ」

ローナが何も言わないでいると、彼はステットソンをコーヒーテーブルから取り上げ、それを被《かぶ》って、鍔《つば》の前を引き下げた。それは、お定まりとも言える、カウボーイの別れの挨拶《あいさつ》だった。

「血液検査についてはいずれ知らせるよ」低い声の端々には警告に近い響きがあった。

「楽しみに待っているわ。でも、ドリスはいつになったら同意するかしらね」その言葉に気分を害したらしく、黒い瞳がむっとした光を帯びた。

それから、無言の宣言をするかのように、上着のポケットから折り畳んだ小切手を取りだし、彼女の手が簡単には届かないランプテーブルの上にぽいと置くと、振り返りもせず、大股で出ていった。

小切手にはいらだったが、彼が立ち去ったことにほっとして、ローナは立ち上がり、バスルームに行った。額のみみず腫れは、あるかないかわからないほどの小さなもので、かすり傷にすぎず、明日の朝にはすっかりなおっていそうだった。それなのにまるで大怪我《けが》でもしたように彼はなぜ騒ぎ立てたのかしら？

メラニーが入ってきて大声で彼女の名前を呼ぶのがきこえ、ローナも叫び返した。「服を着替えたらすぐに行くから」それから寝室に行き、震えながらジーンズとTシャツを見つけた。乱れた髪に急いでブラシを入れ、彼女は友人の待つ部屋に出ていった。

「のぞき穴から見てたの。だから彼のこと、拝見させていただいたわよ」居間に入ってくるローナを待ちかねたようにメラニーが報告に及んだ。淡い色の眉をつり上げ、緑の目を大きく見張っている。「すごいじゃない。ジョン・ウェインとトミー・リー・ジョーンズとミノタウロスをミックスしたような男性ね。ハンサムではないけど、でもすてき。それに言っちゃおうかな？　セクシーだわ」目をきらきらさせて言う。「だから、友よ、五分間の説明は不要よ。でも、あなた、大丈夫？」

ローナは笑った。ふいに、何年もないほどいい気分になったのだ。私はミッチ・エラリーに負けなかった。血液検査も向こうから決めたようなものだわ。その検査で私がうそつきでないことだけは証明される。少なくとも、私が自分の潔白を最も信頼のおけるテストにかけようとしていることはわかってもらえたわ。小切手は置いていかれたけれど、むしろよかったかもしれない。もう一度突き返せば、初めのときよりもなお胸がすかっとするわ。

「大丈夫どころか、すごくいい気分よ。ピザを食べながら全部話してあげる。トッピングは今度はあなたが選んでいいわよ」

「すてき。電話はあなたがかける？　それとも私？」

「私のおごりだから、電話はあなたよ」

ピザが届けられるのを待つ間に、ローナはこの大の親友にミッチ・エラリーについてすべてを語った。頭がぼうっとするほど彼に惹《ひ》かれたことをのぞいて。

いままではメラニーにほとんどなんでも打ち明けてきたのに、この一事だけはなぜふいに打ち明けられなくなったのかしら？　それは彼女にも意外だった。

〝ケンドラのことがなければ、きみは僕にとって……忘れられなくなった人だったかもしれないから〟なんて心をそそる言葉かしら。ローナはそう気づいてショックを受けた。そして、彼の関心を一身に集めたい、と強く望んでしまうのだった。

彼には怖いような一面もあるけれど、妹を守ろうとする強い意志――それがたとえ私から妹を守ろうとするものであっても――も彼の一面だし、私が気絶したときしぶしぶながらも見せたやさしい気遣いもそう。

ミッチ・エラリーのような男性はめったにいない。それは五年前からわかっていた。あのときも怖かったし今日もそうだった。けれど今夜見せたやさしさの片鱗《へんりん》にはひどく胸を打たれたのだった。

〝きみは僕にとって……忘れられなくなった人だったかもしれないから〟

彼の関心をとらえられたらどんな感じかしら？　女性が男の人の目に留まるような、そんなふつうの形で、私が彼の目に留まったとしたらどうだったかしら？　彼には一種荒削りな親切さがある。それに今日ケンドラと一緒の私を見て明らかに怒っていたはずなのに、そのときの握手はやさしかった。それに今夜私に触れたときも、この上ない思いやりがあった。

あんなに大きくて強そうな人なのに。その力強さと触れ方のやさしさのコントラストは息をのむほどだった。それを思いだしただけで、あのときと同じように肌がぞくっとする。ミッチ・エラリーのような人が私の人生にいたら？

そこで空想の翼が折れた。私はふつうの形で彼の目に留まったのではないわ。彼の役目は私を買収してサンアントニオから追いだすことだったのよ。

新しい恐怖が、風のそよぎのように胸をよぎる。ドリスが血液検査を受けようとしなければ、そして私が仕事を辞めてサンアントニオをすぐに立ち去らなければミッチはまた別の圧力をかけてくるかもしれない。

　富も力もある、ミッチ・エラリーのような男性は、法的な助《すけ》っ人《と》を大勢、すぐにも動員できるだろう。それに、社会的影響力もある。適切な耳に適切な言葉がささやかれれば、私が苦労して手に入れてきたすべては失われ、この先長い間、すてきな暮らしへのチャンスも損なわれるだろう。

〝幸せな生活を選ぶんだね、ミズ・ファレル〟

　彼の関心を得ようなんて、むなしくばかばかしい幻想だわ。きっと思ったよりひどく頭を打ったのね。

　メラニーが帰っていったころには、すっかり気が滅《め》入《い》り、落ち込みはますますひどくなって、ミッチが妹の暮らしから私を追いだすのにはかにどんな手を使ってくるだろうと、暗闇《くらやみ》に長い間横たわったままくよくよと考えていた。

3

　翌朝ローナは遅くまで寝て昨夜の睡眠不足を取り戻し、冷めたピザで朝食をすませると、バスルームの小部屋の小さな洗濯機で、山のように溜《た》まった洗濯に取りかかった。ミッチのことが頭をはなれないのにいらだち、それでもとにかく、土曜日ごとの家事を片づけ、そのあと、用足しに出かけた。

　まずドライクリーニング店で洗濯物を出し、先週の土曜に預けてあった分を受け取った。それから急いでウォルマートに行き、そのあとお気に入りの食料雑貨店へとまわり、昨夜帰りにする暇のなかった買い物をすませた。アパートに帰りついたときは午後も半ばになっていた。

一度に買い物すべてを抱え、ほとんど満杯の駐車場を横切って、階段を二階まで上っていかなくてはならないのは、かなりの大仕事だけれど、一人暮らしのローナにとっては毎度のことだった。ドライクリーニングしたものを片腕にかけ、買い物を入れた雑多なビニール袋の持ち手を慎重に集め、アパートの裏口へと、日に焼けた駐車場をローナは歩いていった。歩道に出たとき、大きな男性が角を曲がって現れ、用ありげにすたすたとこちらに来るのが見えた。

ミッチ・エラリーは本物のカウボーイのように、青い格子縞《じま》のシャツに、着古して柔らかくなったデニムのジーンズをはいていた。ステットソンは、この前のパールグレーと違い、ごくありふれた黒。同じ黒のブーツは、ふだん履きらしい使い傷みの傷があちこちについている。

厳しい口元をきゅっと結び、眉間《みけん》に刻まれたしわが、帽子の鍔《つば》の下のまなざしを険しくしていて、冗談は許さないという感じ。これで六連発銃でも腰に帯びていれば、黒いステットソンにタフガイの荒々しさが加わり、西部劇時代のアウトローのように見えただろう。

黒い瞳が咎《とが》めるようにかすかに光っている。「不精者の大荷物だ」ぶっきらぼうに言うなり、洗濯物以外の荷物をさっさと奪い取ってしまった。

ローナはあわてて取り戻そうとしたが、いいから、というそっけない一言ではねつけられた。

「私、あなたを招待した覚えも、そうするつもりもありませんから」こわばった微笑を見せ、ビニール袋の持ち手に指を入れてもう一度取り戻そうとした。「そのナイトぶりには感謝しますけど」

指が持ち手に通ったとたん、彼が握り方を変えて、巧みにその指をつかんでしまった。しっかり握られ、そこから小さな衝撃が体を走り、ローナは目を見張って相手の暗く輝く瞳を見上げた。

「夜まで二人でずっとここに突っ立っているか、きみが僕を中へ入れてくれるかだ」

「お互いなんの話もないんだから、帰っていただくためだけに入っていただいても意味ないでしょう?」ローナは指をまっすぐにして、袋の持ち手からそれを引き抜こうとした。けれどしっかり握られていて抜けそうにもない。

「僕たちは話がある」

彼が厳しい顔をしている。ローナは新たな脅威を感じた。「あなたからききたいのは血液検査の日にちと時間だけよ」

「それは月曜日に知らせる。いまは新しい問題ができたんだ」ローナは懸命に動じない顔をしようとしていた。彼女へのいらだちの感じられる口調で彼は脅すように言葉を継いだ。「ケンドラのことで」

問題という言葉とケンドラの名前をきけば、こちらが折れるとわかっているかのように、彼の手の握り方が緩み、ローナは自由になった。「ケンドラのことで? 彼女に何かあったんではないでしょうね?」

ミッチの苛酷《かこく》な顔が心持ち緩んだ。「いや、きみに関係のあるばかばかしい考え以外は。だからきみと話さなくてはならないんだ。いますぐに」

ケンドラが無事と知ってローナはほっとした。彼に命令されるのはもうたくさんだ。

「ねえ、ミスター・エラリー。あなたはご自分の牧場では命令できても、世界を牛耳るわけにはいかないのよ。私に対して敬意のかけらも持ってないとしても、せめて礼儀にかなった口のきき方を勉強しないと、とっととお引き取り願うことになるわよ」

一瞬彼の顔にかすかな驚きが走ったが、ものすごいしかめっ面がそれを拭《ぬぐ》い去った。彼女に思いがけず刃向かわれ、むっときたのだろう。彼女だってだれに向かっても、そんな口をきいたことはない。けれど彼のどこか独裁者的な態度を見て、そうすることを覚えないと、この人にはなんのためらいもなくいいようにされてしまう、と思ったのだ。

ミッチは片意地な顔になっている。プライドを抑えてきちんとした頼み方を口にするのに、こんなに長くかかるなんて失礼にもほどがあるわ。

ローナはまた腹が立ってきた。

「その袋は、だれかが持っていくように道端に置いていくなり、あなたが持って帰るなり、どうぞご自由に」

ローナは相手に背を向けて、ポケットから鍵《かぎ》を出した。買い物をかたにとっても私には効き目はないのだから。その食料品やウォルマートの練り歯磨きや化粧品が手ばなせないほど気に入ったかどうかはそちらで決めればいいのよ。ま、できたら、袋をそこに置いて帰ってくれたほうが私はありがたいけれど。

「ミズ・ファレル」低い声で呼び止められ、ローナは足を止めて振り返った。「きみの考えでは僕のマナーは……」言葉を切り、彼女の火照った顔を探るように眺めている。どのくらい卑屈になればいいのか計ろうとしているのかもしれない。そして彼女が黒い眉を上げると、うなるように言った。「……豚並みなんだね」

驚いて笑いそうになり、それを抑えて、ローナは言い返した。「そうでないという証拠を持っているのなら、早く見せたほうがいいわよ」

彼はまたためらっている様子だったが、それから単調な口調で言った。

「すまなかった、ミズ・ファレル。新しい問題を話し合うために中に入れていただけませんか？」

怒りが静まるのをローナは感じたが、彼を入れるのはまだ用心していた。「お行儀よくする？」

「ぜったいに」すぐに答えたところをみると、早く話し合いをしたくてたまらないらしい。

この雄牛のような大男が、お行儀よくするようにという彼女の要求に屈したのだ。ローナはほんの少し自分の力を感じた。

これは協力のイリュージョンにすぎない、と分別はささやくけれど、自分に値打ちがあるとか特に力があるとか感じたことのない心の密《ひそ》かな部分がそのイリュージョンにしがみつこうとするのだった。

「わかったわ。どうなるか見てみましょ。ただ、このアパートは叫べばとたんに黒帯級の用心棒が現れるようになってますからね」

二人の間を少しでも明るくしようと言ってみたのだが、言った当人も相手もにこりともしなかった。ミッチのことはあまり笑わない人だともう察しはついていたけれど。

けれど、二人が笑わなかった最大の理由は、この冗談めかした言葉が恐怖と不信の表れだと二人とも気づいていたからだった。恐怖と不信は、多くのことからユーモアを取りのぞいてしまう。少なくとも彼女のこれまでの人生ではそうだった。

ローナがドアの鍵を外し、ミッチがあとについて入った。二人は黙々と階段を上り、廊下を彼女の部屋へ向かった。階下のとき同様、彼女が開いたドアを支え、ミッチが買い物袋を運び込んだ。彼がそれをキッチンに運んでいる間に、ローナは寝室に行って洗濯物とハンドバッグをしまった。それからキッチンに行ってみると、食料品はすでに袋から出され、調理台にのっていた。

ローナは、ありがとう、とだけ言って、空っぽの買い物袋を捨て、ウォルマートの買い物はあとでしまうことにし、彼に向きなおった。そして両手を前で握りしめ、黙ってステットソンを見上げると、それに促されてミッチが帽子を脱いだ。

「お飲み物は何がいいかしらときくのは、また無駄なマナーかしら？　この前と同じように、コーヒーかソーダ水しかないけれど。それとも冷たい水か」

彼はローナをむさぼるように見ずにはいられなかった。体の美しい曲線は完璧《かんぺき》に近く、ひどく気をそそる曲線を包む白の綿ブラウスは、この暑さにもかかわらず、まだしゃきっとしている。ジーンズはアイロンをかけたらしく、きちんと前の折り目がついていた。彼は、折り目なんかに神経質に気を遣うのは男の風上にも置けない、というタイプだが、そういうことに大騒ぎする女心はおもしろく思えた。美しい足に履いたプレーンなサンダルからは短く切って淡いピンク色にペディキュアした爪がのぞいている。女性の足に特に惹《ひ》かれたことはいままでなかったが、彼女の足はほかの箇所と同じで、愛撫《あいぶ》を誘っているようだった。

彼女を抱き上げ、そのキスが気質と同じほど激しく、人をじらすようなものかどうか、試してみたくなった。そしてそれにいらだった。今日の、ケンドラや義母《はは》との新しい事態からすると、そういう衝動は危険なものになりかねない。彼は、ここに来た用件をすぐにも切りだしそうになり、その前にローナの質問に答えるのがマナーだと思いだした。

「いや、結構。だがきみは飲みたかったらどうぞ」

彼女はかぶりを振った。握りしめた小さな拳《こぶし》をいっそうかたくしている。「あなたがここに来た用件にすぐに移ったほうがよさそう。座りません？」

ゆったりと座っている気分ではなく、彼は首を横に振って誘いを断り、歯に衣着《きぬき》せずに話を切りだした。「ケンドラは自分が恋に夢中なものだから、ほかの人間もそうなって当然と思い込んでいる。そして僕ときみは相性がよく、それを無視している僕はばかだと思っているんだ」

ローナが本当にショックを受けた顔をし、如才なく抑えたものの、そのショックには恐怖の色まで少しあって、彼はプライドを傷つけられた。

「ど、どうして、彼女、そんな……考えを？」まったく見当もつかないというように、あえぎながら尋ねる。

「オフィスで僕たちはそんなふうに見つめ合って握手をしたらしいよ。それに、彼女、僕たちがどちらもデートの相手がいないのを知っているし」彼は次の言葉を抑えきれなかった。「そんな個人的なことまできみは彼女に話すことなかったのに」

ローナは彼から視線をそらし、頬をかすかに染めた。けれど、彼の非難については何も言わなかった。まだ茫然《ぼうぜん》としているらしい。「独身の人間がだれかに出会って何かを感じても、そのたびにそれについてどうにかしなければなどと思うものではないわ。彼女だってそれくらいはわかっているんでしょう？」ローナは大きく見張った目を彼に戻した。

「それにあのときあなたはすごく怒っていたし、私はあなたを見て、そのう……ぞっとして……」声が先細りに消える。自分がうっかり何を言ったかにふいに気づいたかのように。そして、それが相手にどうきこえるかにも。彼女はこわばった微笑を浮かべた。「気を悪くしないでね。でも、私の言う意味、わかるでしょ？　ケンドラに、あなたが彼女を迎えに来ると、ほんの十分前にきかされて、そしてそこにあなたがいた。すごく怒った顔で。私、何をされるかと」

その説明で少しなだめられ、ミッチは話の要点にすぐに取りかかった。「だから、二人の間に何かが進行しているとケンドラが納得するまで、僕たちは何回かデートする。そしてきみが、なんでもいいから好きな理由をつけて、僕をいきなり振る」

キッチンの中がしばらくしんとなった。

「なんですって？」ローナはかぶりを振り、怪しむように瞳を相手の顔に凝らした。

「きこえたはずだ」口調がついそっけなくなる。

ローナはもう一度かぶりを振った。今度はさっきよりもっとはっきりと。「私のきいたのが、きき違えでなければ、答えはノーよ。ノー、ノー、ノー」

いまはきっぱり首を横に振っていた。顔に微笑は浮かべていたが、それはむしろ悔しさからのものだった。振り向いてシンクの方に歩いていき、何か支えが必要であるかのように調理台の端をつかんだ。

「よくも、そんなことが考えつくわね。私たちがデートできるはずないでしょう？」

それから調理台をはなし、彼が答える暇のないうちに、相手にまっすぐ向きなおった。

「それは誤解だと彼女に言えばいいでしょう？　私に惹かれたわけではないと。ただ愛想よくしようとしていただけだと。それとも私の手応《ごた》えを探ってみていたんだが、それは、デートする気になるようなものではなかったとか、何かそういうことを言ったでしょうね？」

「いや、言わなかった」

一つ一つの言葉をかすかに強調して言う彼をローナは見つめた。

「なぜ？」

「彼女にだって目があるんだ。それに、ロマンチックな靄《もや》の中を歩きまわっているからね。自分が恋をしていて、それがすごくすてきだから、自分の好きな人たちも恋をすべきだと思っている」

ローナは彼を見ていられなくなり、目をそらした。そしてふいに気づいたのだ。私はこの人に――とても厳しそうなこの人に――惹かれていると。いま感じている恐怖の大半はそのせいだと。彼の近くにいればその気持ちに抗《あらが》えなくなってしまうだろう。彼とのデートのお芝居は、私のような女性には凶器になりかねない。それにケンドラやドリスという問題まで絡んでくる。彼女は相手を見た。

「ケンドラが仲人役をしようとしていることをドリスは知らないのね？」

「ケンドラが朝食のときに、オフィスできみと僕が会ったときの話をしたんだ。何度も何度も、それがどんなにロマンチックで……すばらしくて……すてきだったかと」こんな言葉を伝えることへのかすかな嫌悪が厳しい顔に浮かんでいた。「だから、ドリスは知っている」

彼が言い残したことをローナは素早く察した。

「それであなたはこの計画をドリスと二人で話し合ったのね？」

「そうだ」

「で、彼女はなんと？」

そんなことをへたにきくべきではなかったとローナは後悔した。ドリスが私について何を言ったにしろ、きけばショックを受けるにちがいないのだから。


ドリスは私を幼いころに養子に出しただけでなく、レストランでのショッキングな出会いのずっと前の、あのときも、私を引き取ろうとはしなかった。あのときのことを考えるのが辛《つら》くて、ローナは思い出に心を閉ざした。

「ドリスは、ケンドラの誤解にのってデートするのも悪くないわね、と言った。だが、二人の間がその後うまくいかなかったことにすればいいと。ケンドラは僕を慕っているし、僕がひどい目に遭ったり傷つけられたと思えば、その相手に冷たくなるだろう。うまくいかない恋は多い。僕たちのは早くうまくいかなくなった、というだけだ」ミッチは言葉を切り、彼女に厳しくしつづけるか少し厳しさを和らげるか、暗黙の戦いをしているようだった。「これは、きみが仕事を辞めなかった場合の話だ。こうすれば、きみをケンドラの生活に深入りさせせない問題の解決になるし、きみは友人として好ましくない人間ということになる」

「すると私は憎まれ役をやらなくてはならないのね」そう思うと吐き気がしてくる。ケンドラの好意さえ失うというの？　とりわけ辛いのは、このデート芝居を考えだしたのがドリスだということだった。嫌な人間だとか、なお悪いことに、残酷な人間だとか実の妹に思われて、本当に耐えられる？　だって、それがドリスの狙《ねら》いでしょう？　ケンドラの好意を永久に失うような芝居を私にさせようと、ミッチを寄こしたんでしょう？

彼女の内心を読んだように、ミッチが厳しい顔になった。「ドリスのほかの解決法はもっと苛酷なことを忘れないように」

吐き気に恐怖が混じった。「ほかの解決法って？　法的なもののこと？」ミッチは黙っている。その沈黙が彼女の怒りに火をつけた。「ではドリスに、どうぞ、どこへでも訴えて、と言ってやってよ、カウボーイさん。こちらも弁護士を雇って、彼女に血液検査を受けさせてやるわ」

それ以上の言葉を彼女はやっとの思いでのみ込んだ。ドリスも私も真実を知っているから、血液検査は本当は不要だ。血液検査は最高の法的防衛手段のはずだが、ドリスはあえてそれに訴えはしないだろう。その結果が出ればドリスはもうだれも騙《だま》すことができなくなるから。本当はそう言ってやりたかったのだ。

ミッチの声が低くなった。「ドリスを法廷に引きだせば、きみはエラリー家の金で雇える超一流の弁護士を相手にすることになるんだよ」

不本意ながらミッチに惹かれていたローナの気持ちは、ほんの束《つか》の間の失望を味わっただけだった。もちろん彼はそう言うだろう。そのとおりなのだから。エラリー家の名声をかさに着るのはよしとしないけれど、彼が始終そうしているとは思えない。自分にとって大事な人を守るためにやっているだけなのだ。

金や権力のある人が私にここまで肩入れしてくれたことはなかった。私の人生にはミッチ・エラリーはいなかった。こんな人に親身になって守ってもらえたら、とふいに、渇くような気持ちでローナは思ってしまうのだった。

二人の間はぴりぴりするほど緊張していたけれど、彼の高飛車な態度へのローナの怒りは、母親の企《たくら》みを前にして急速に消えていった。

ドリスは私を拒み、うそをついている。それをどんなに恨んでも、ローナはまだ、ドリスが自分の生みの親だと知った経緯をミッチに話してしまう気にはなれなかった。もし話せば、ケンドラやミッチとドリスの仲は取り返しがつかないほど傷つけられてしまうだろう。それにミッチはドリスに忠実で、私の言葉を信じないかもしれない。だから何も言わないほうがいいのだ。

ローナは詰めていた息を吐いて、考えをまとめようと一瞬彼から目をはなし、それから視線をまた元に戻した。

「ねえ、こんなに大騒ぎすることないと思うの」すべてにふいに疲れを覚えて静かに言った。「私がだれか、ケンドラには決して言わないと誓うわ。その誓いは信用してもらえるでしょう？　だって、言いたければ、何カ月も前にそうできたはずだから」

このあとを言えば感情的になりそうで、その感情を何一つ見せないようにと、ローナはいったん口をつぐみ、しっかり自分を抑えた。

「ドリスが私となんの関《かか》わりも持ちたくないのはわかっているわ。だから、ケンドラに、母親との仲が気まずくなるようなことは決して言ったりしたりしないわ。約束するわ」

彼の鋭いまなざしがこちらの体を引き裂いて侵入

してくる。けれど、自分のことを信じてもらいたくて、ローナはそれに耐えていた。

「お願い、ミスター・エラリー、ご自分の牧場に戻って、このことはすべて忘れてちょうだい。ケンドラが私を雑用にかり立てないようにするもっといい手を考えますから。それでなくてもドリスから憎まれ役を仰せつかっているのだし、ケンドラの関心を冷ますように、なんとかやってみるわ」

「どうやって？」

ローナは弱々しく首を振った。ケンドラを少しでも傷つけると思うと辛かった。「はっきりとはわからない。彼女は繊細だし、彼女の気持ちを傷つけたくないという思いは私もあなたと同じよ。けれど同時に繊細だからこそ、ちょっとしたことでも敏感に感じ取ってくれると思うの」

「たとえば？」ミッチは妹を守るとなると、容赦なかった。嫉妬《しっと》の鋭い痛みをローナはまた感じた。

「そうねえ」うんざりしてローナは肩をすくめた。「頭が痛いとか、早く退社したいので、余分なことをしている暇がないとか」

「なぜ、何カ月も前にそれをしなかったんだ？」

ローナはむっときた。「そんな立ち入った話まであなたにする必要はないわ。けれど、あなたには家族が大事らしいから、それならわかるはずよ」

彼女は片手を上げて髪を指で梳《けず》り、めずらしくいらいらした様子でそれを邪険に後ろに引っぱった。それから自分のしていることに気づき、手をはなした。

ミッチにじろじろ眺められ、何一つ見落とさないようなその真剣なまなざしに耐えきれず彼女は顔をそむけた。

「さあ、もう帰ってちょうだい。何も言わないし、約束も守りますから。それにケンドラからはそっとはなれていくようにするわ」

ローナは息を詰めて、相手の引き上げる気配を待った。

「ケンドラは、ジョンとの今夜の食事のデートに、僕たちも現れると思っている」

もう決まったことのように彼が言う。あんなにこちらが約束したのにまだデートの茶番劇を諦《あきら》めてないのね。ローナは途方に暮れて相手を見つめた。

「つき合ってから捨てるなんてアイデアは、卑怯《ひきょう》だし、ばかげてもいるわ。第一、私が上司のデートの場に出かけていくなんて失礼だとケンドラは思わないのかしら?」それが、じれったいと同時に感動もさせられる、ケンドラの若さの寛大さとナイーブさの一面だが。

「それは僕も彼女に言ったんだ。だが、きみと僕はあとでダンスフロアに姿を現すことになっている。遅れてもせいぜい二十分ぐらいだが。今夜以後、彼女には僕たちがデートしているという話をきかせるだけでいい。二週間ばかりしてきみが僕を振る。僕は不機嫌になり、二人の間がどうなったか何もしゃべらない。ケンドラは忠実に結論を引きだし、それなりに行動する」

ローナは首を振った。「本気でこんな計画を実行するつもりなの?」

彼の険しい顔が、余計なことをとばかり、厳しくなった。「ケンドラは気持ちのやさしい子だ。見え透いた言い訳で彼女の感情を傷つけてほしくないんだ。きみが自分によそよそしくなったと感じれば、彼女は気にする。だから、きみのほうからよそよそしくなるのはよくない」一瞬ためらい、かすかに言いづらそうにして、言葉を継いだ。「彼女のほうからきみに冷たくなるほうがいいんだ」

〝彼女のほうからきみに冷たくなるほうがいいんだ〟

そうなったときのケンドラの顔が頭をかすめ、ローナは胸をつかれて、その苦しみからしばらく立ちなおれなかった。

「お願い……もう帰ってちょうだい」

「今夜はドレスアップしておくんだ」ぶっきらぼうに命令する。「八時に迎えに来るよ」

彼へのいらだちが頂点に達した。「私の言ったこと何一つきいてなかったの？　こんなことうまくいきっこないわよ。あなたやドリスが私のことをどう思っているのか知らないけれど、私はそんなうまい役者ではないの。あ、あなたに惚《ほ》れているふりなんてできないわ……そんな恐ろしげな人に……」

穏やかな侮辱にミッチの黒い瞳が光った。「ふりをする必要はない。僕を見るたびに、きみはうっとりした目になっているよ」

うろたえて顔が真っ赤になり、ローナはあわてて反論しようとした。「なんて、自惚《うぬぼ》れ屋なの！　あなたの欠点の長いリストのトップにどれが来るかまだはっきりはわからないけれど、いまは自惚れと傲《ごう》慢《まん》が、トップを争って腕相撲しているわ」

厳しい口元が一瞬おかしそうに歪《ゆが》み、どきっとさせられたが、目は黒ダイヤの冷たい輝きを見せたままだった。

「僕と今夜ダンスに行くんだ、いいね」

この命令は個人的なものだという感じをローナは持った。今夜彼と出かけるのは芝居の一部ではなくて、彼自身の希望なのだと。その印象にローナはうろたえ、そんなはずはないとすぐにうち消した。

「いいえ、だめよ」有無を言わせぬきっぱりした口調で彼女は言った。

ミッチはステットソンを被《かぶ》り、目の煌《きら》めきにマッチする粋《いき》な角度に鍔を引き下げ、怒った声で言った。

「八時に自惚れを我慢するか、八時十五分に傲慢さを我慢するかだ」

視線が、彼女の火照った顔からはなれ、胸からずっと足元までさまよっていき、またぱっと上がって、今度はぎらぎらと目をのぞき込んできた。

「それに同じドレスアップするなら、脚がたっぷり見えるほどミニで、胸の深く切れ込んだやつがいい。僕は連れの女性がセクシーに見えるのが好きなんだ」

ローナは呆気《あっけ》にとられ、それに腹も立ち、口汚くののしってやろうとするのに、言葉が出てこなかった。ショックが収まり、ようやく口がきけるようになったころにはミッチは姿を消していた。

次の三十分は足を踏みならして部屋中を歩きまわり、じれったいやら気は高ぶるやらで、自分が男性なら、ミッチ・エラリーのあとを追いかけ、あの傲慢な顔から自惚れたにやにや笑いをはたき飛ばしてやっただろう。取り戻すには中部の町ウェコまで車を走らせなくてはならないほど遠くへ。

4

その夜ミッチははやる心で、ローナの所へ向かっていた。サンアントニオまでのドライブがこんなに長く感じられたのは初めてだった。女性とのデートはいつも楽しみにして待つほうだが、今日ほど激しい期待に心がうずいたこともなかった。

今日は一日中ローナのことを考えていた。口もきけないでいるのを、浮き浮きと置き去りにし、その部屋を出てきてからは、特にそうだった。頭の中で、ローナと過ごした一刻一刻を思いだし、その言葉、その表情、そのニュアンスを反芻《はんすう》してみているのだった。ローナがたった一度うそをついたのは、彼に惹《ひ》かれているのを否定しようとしたときだけだった。

あのときは不意を突かれたらしいが、その反応は、ほかのすべてに匹敵する手がかりを彼に与えてくれたのだ。

それに、血液検査という脅しにローナがびくともしなかったことも忘れられない。血液検査をあれほど望んでいる以上、彼女に隠し事があるとは信じがたい。ローナは悪い人間でなく、その言葉も信用できる、と彼はいまは思っている。となると、彼女がドリスやケンドラに強請《ゆすり》を働くようなオポチュニストだという考えは、かなり怪しくなってくる。

それに、本当に金目当ての女性なら、初めの手がうまくいきそうにないとなると、その埋め合わせに、このデート劇にのって、金持ちの亭主は無理としても気前のいい恋人を手に入れようとするものではないだろうか？

彼が雇った調査員の最初の報告も、ローナの人柄について彼がすでに感じていることを裏書きしているように思われる。調査員にできるのは彼女の過去について具体的な事実を集めてくることだけで、それをどう解釈するかは彼にかかっている。解釈が間違うこともあるだろう。だが、ローナ・ファレルがだれかを騙《だま》そうとしているとはどうしても思えないのだ。義母《はは》についても同じほど確信が持てるといいのだが。

どんな額にしろ賄賂《わいろ》を使うなど彼なら考えもしないだろう。ましてドリスがやったように人を買収する手をとっさに選んだりはしない。まるでそのために金を取ってでもあったかのように。オポチュニストを追い払うには、もっと安上がりで倫理的な方法があるはずだ。それにこちらの言い分が正しいのなら、法の保護を求めるはずだ。

彼は率直で曲がったことの嫌いな男性だ。だからドリスのやり口には賛成できない。とりわけ納得のいかないのは、このデートの茶番劇だ。ローナと一緒に過ごす時間は、実を言うと、そんなに嫌ではないが。

それにローナが本当にドリスの娘かもしれないという考えが、しつこく彼を悩ますのだった。僕なら我が子かどうか確かめるチャンスを拒むなんて考えもしないだろう。その時期がたとえこんなに遅く来たとしても。

養子の記録は手に入れられなくはないが、ひどく難しい。だから、ローナが間違っているということもなきにしもあらずだ。あることを誤解しても、それはうそつきとは言えない。ドリスをなぜ母親と確信しているのか彼女に説明してもらえるかもしれない。

ローナの住む通りへ車を入れるころには、もうこれ以上の詮索《せんさく》はよそうと思っていた。いまのところは義母の望みどおりにしてやり、あとは、血液検査の結果がどう出るか待とう。

ローナにまた会えるという期待を高めているのは綱渡りをしているという感覚かもしれない。禁断の木の実はいつも欲望をそそる。だが、事情がどうであれ、ローナには恐らくひどく惹かれただろう、というのが本音だった。

ローナの中にかいま見た気質が彼は好きだった。ローナ自身が好きだった。彼女は頭の回転が速く賢い。根性も勇気もある。口をきゅっと結んで立ち向かってくるところなどひどくユニークだ。自分がローナのことをどんなに楽しんでいるかに彼は驚いた。彼女への熱い欲望に負けないで、彼女に惹かれているふりをケンドラのためにそれらしくやってみせる。それが今夜の見せ場であり、難関でもあった。

ローナはようやく冷静になった。そしていったん怒りが静まってみると、現実主義と分別が頭をもたげてきた。

ドリスがどんなに嫌がるかわかっていて、私はケンドラを近づけたのだ。きっと困ったことになると、もう何カ月も前からわかっていた。だからどんな結果も自業自得、と初めは諦《あきら》めてはいたけれど、ミッチが小切手を持って現れたときは、あまりにも腹が立ち、結果を甘んじて受けようという気持ちはたちまち消えてしまった。けれどそのあと、すべてが少し奇妙な具合になり、何かきっぱりした手を打たなければ、事態は悪くなる一方のようだった。

ケンドラがジョン・オーエンと結婚しようとしている以上、私はいまの仕事を辞めるしかないかもしれない。けれどこれまでもお金に不自由した覚えがないわけではない。辞めるにしても、まずほかに適切な仕事が見つかってからにしなければならないのはわかっている。

その間、ケンドラの問題をどうするかだ。デートしてから振る、というドリスの計画には唖然《あぜん》とするしかないけれど、これに応じなければドリスは私を追い払うためにまたどんな手を使ってくるかもしれない。それに、考えるのも辛《つら》いけれど、ミッチの言うとおり、私がケンドラの拒絶に遭うほうがその逆よりいいのだ。

ケンドラはやさしく開けっぴろげで、人生が私には許さなかった、チャーミングな無邪気さを持っている。ここ何カ月かの間、ケンドラの天真爛漫《らんまん》さに多少いらだちもしたけれど、彼女を守って傷つかないようにしてやりたいと、つい思ってしまうのもまた事実だった。

血液検査をすれば、私の素性はだれの目にもはっきりする。それでも、ドリスに私との関係を無理強いはできないし、ケンドラと私との仲を認めさせることもできないだろう。それは仕方ないと、もうずいぶん前から諦めてはいるけれど、もし私がケンドラの人生から出ていかなければ、今度はドリスは私父母に八歳のときに死なれてからは里親の手から手へと転々とさせられ、母と子の本当の関係をもう一度味わえるのは、自分が子供を持つ以外ないのだろうと諦めていた。幸い子供が持てたとして、ほかの人間が私と子供の間に割り込んできたら、私はきっと打ちひしがれるだろう。

今回は自分がその、ほかの人間で、ケンドラのためになんとかしなくてはならないのだ。ローナはついに覚悟を決め、ミッチとのデートのための衣装をクロゼットから選んだ。

それは、黒のしゃれたドレスだった。胸の開きは、彼女のたしなみが許すぎりぎりの線で、丈は脚を引き立てる短さ。丈も、胸の切れ込みも、色っぽさも、ミッチのご命令に叶《かな》うほどかどうかはわからないけれど、自分の好みに叶うほどは上品で、長所も際だたせてくれるものだった。でなければ最初から買う気にはならなかっただろう。

母と娘の関係は、私にとっては神聖なものだ。養父母に...

をハラスメントで訴えかねない。実の母親は、捨てて関係を持ちたくない子供から嫌がらせを受けたと訴えることができる。そういう実例も現にある。

そうなればどんなにひどいことになるだろう。エラリー家は名門だ。ハラスメントの訴訟は新聞種になりかねない。その結果、私は評判に傷がつくだけでなく、こんなにも望んでいる家族も持てなくなるかもしれない。まっとうな男性の何人が、ハラスメントで訴えられた女性と結婚し、その女性に子供を産ませ育てさせたいと思うだろう？

とは言っても、ケンドラから嫌われると思うとやはり辛い。ケンドラと姉妹として知り合うチャンスがあれば、今夜の茶番劇にのるなど考えもしないだろう。けれどドリスは私を決して受け入れようとしないだろうから、ケンドラを、母親との親密な関係が壊れるような目に遭わせたくもない。

母と娘の関係は、私にとっては神聖なものだ。養ダンスの誘いはあまり受けたことがなく、だから今夜は少しは気晴らしになるかもしれない。ダンス・アレルギーの男性は多いみたいで、ミッチのように男っぽい人はいっそうそうかもしれないけれど、ひょっとしたら彼はふつうの男性よりは自分の男らしさに自信があるのかもしれない。

ミッチに惹かれる気持ちのせいでほかのことでも気持ちが混乱してしまう。彼と一緒にいられると思うだけでなぜ私はこんなに興奮するのかしら？ずいぶんデートもしたけれど、相手のだれもが、ミッチに比べると退屈で弱々じく思えるし、その人たちと深い関係になったことも、なりたいと思ったこともなかった。

ミッチはそういう人たちとはぜんぜん違う。自惚《うぬぼ》れも強いし、ひどく図々《ずうずう》しいけれど、別の状況で出会っていたら、と彼女はふいに思ってしまった。あんなユニークな人は初めてだし、ひどくセクシー。あの性的に危険な香りがこの興奮の原因かも。私の分別はいったいどこへ行ってしまったのかしら？

特別念入りに化粧しているのに気づいて、ローナは自分を叱《しか》り、それでも、結局、それをやめようとはしなかった。

ドアが開き、男性のすてきなファンタジーが生みだしたような、胸の深く切れ込んだ黒のドレス姿のローナを見て、彼はたちまち猜疑《さいぎ》心にとらわれてしまった。

その日の午後の、白いブラウスにジーンズ姿で挑戦的に迎えられるのを半ば想像していたので、セクシーな黒のドレスや、黒髪をアップにし、つややかな後れ毛を粋《いき》にくねらせたヘアスタイルを見て、さてはこちらの懐を狙《ねら》うことにしたのではないかと疑ってしまったのだ。

だが、金が目当てだとしても、彼を招じ入れたときのひどくきまじめな青い目にはそれらしい色はうかがえず、おまけに、昨夜彼が残していった小切手を神経質に握りしめている。そしてすぐにその問題に入り、それを差しだしたのだった。

「これは引き取っていただくわ」こわばった口調で言って、彼が受け取ろうとしないと、いっそう押しつけてきた。「お願い。そうしていただかなければ、生ごみのディスポーザーに流してしまうだけよ。エラリー家のお金はたとえ一セントでもいただきたくないの。だから今夜も私の分は払いますから」

彼は小切手を受け取り、折り畳んでポケットに入れた。「ナイススピーチだ」

ローナは胸で手を握りしめている。まだ何か言おうとしているらしい。「もう一つスピーチをきいていただくわ」

彼は相手の腕を取った。「それは車の中で」

急《せ》き立てる彼の手を外して、ローナは後ずさった。

「私、できるだけ早くほかの仕事を見つけることにしましたから。いまの仕事に見合うほどのものが見つかるまで待っていただくだけでいいの。見つかり次第、二週間予告の退職願を出すわ」

ミッチが胡散《うさん》臭げな目になった。「いい選択だ。だが、一カ月かもっと先の話になるだろう？」

「そうね。でもそれは仕方ないわ。新しい就職先でも雇用の切れ目のないほうを歓迎するでしょうから」

「それを何カ月も前にやっておけばよかったんだ」

ローナの目にむっとした色が浮かぶのが一瞬見えたが、その憤りを彼女は口には出さなかった。「たぶんね。でも、新しい仕事を見つけると約束したんだから、この茶番劇は無用よ。サンアントニオ以外の土地で仕事を見つけるつもりはないけれど、ジョン・オーエンの所でなければケンドラも、勤務時間中に私を自由にしていいとは思わないでしょうし」

「退社後は?」

ローナは首を振った。「それはこれまでもなかったし、仕事が変わったあとも、私がそんなことをさせないから。淡い友情なんて、できては消えていく、ものよ。言ってみればはかない泡みたいなものだわ」

「デートのアイデアのほうが手っ取り早い。だからなるほどと思わせる演技をやって、どうなるか見てみよう」彼が手をのばしてもう一度急き立てようとしたけれどローナは今度も後ずさった。

「こんなお芝居を最後までやるなんてばかげているわ」

「ばかげていようといまいと、ケンドラが待っているんだ」

険しい彼のしかめっ面が心なしか和み、厳しい口元がかすかに歪《ゆが》んだ。慎重そうな黒い瞳にいたずらっぽさがきらりと光り、ローナは不意を突かれた。


「だが、きみの言うとおりかも。今夜のことはキャンセルしても目的は果たせる。きみの部屋を出ないうちからことがもう手に負えなくなって僕がここに泊まる羽目になった、とケンドラに明日の朝思わせればいいんだ」

ローナの頬にさっと血が上り、それは髪の生え際から、下は、襟元の深くV字にくれた谷間の、柔肌にまで広がっていった。青い瞳が険しくなった。

「私のことをそんな女だとケンドラが思うわけがないわ」

「百聞は一見にしかずだ。僕が明日の朝食に、今夜牧場を出たときと同じスーツで現れ、髭《ひげ》も剃《そ》らず、ネクタイは上着のポケット、とくれば、何があったか一目瞭然《りょうぜん》さ」

ひどい言葉にショックを受け、ローナは顔がいっそう火照ってくるのを感じた。「そんなこと、あなた、本当に私にするつもり?」

ミッチは真顔になった。「ドレス姿のきみを見たら、そういうことが実際に起こってほしいと思わないでもないけどね」

二人の間の空気が急に濃密になった。ローナは体のいちばん深い部分を走った震えに足から力が抜けていくように感じられ、もっと怒って当然なのにそうできない自分にうろたえてしまった。こんなことを言われて、憤り以外の感情を覚えてしまうなんて。

彼の熱っぽく輝く視線にローナはおなかの辺りがぞくっとした。「きみは、すごく……きれいだ」声がかすれている。「今夜僕たちが一緒にいる理由は気に入らないが、ここに来たのは後悔していない」

ぶっきらぼうなお世辞に、ローナは新しいショックを受け、怒りがまた少し和らいでしまった。彼の率直さには何か奇妙な力があって、私はこの人を危険なほど好きになりはじめているのでは、とふいに心配になってきた。そして、この人を好きになってもろくな未来はないと、自分に思いださせなくてはならなかった。

「お願いだから、ミスター・エラリー……」

「ミッチだ。いまさら堅苦しくしても手遅れだよ、ローナ」

「お願いだから、ミッチ、今夜のことはやめましょう」

彼が束《つか》の間、視線をそらした。少しは気が咎《とが》めているのかしら、と希望がわいてくる。黒い瞳がもう一度戻ってきたとき、目の色が心持ちやさしくなっていた。

「きみをナイトクラブに引きずってまで行くつもりはないが、行ったほうがドリスは安心するだろう」

そう、安心しなければドリスは私をハラスメントで訴えるかもしれない。そしたら私はどうなるかしら？　私は窮地に追い込まれてしまった。いいえ、それどころか、自分で追い込んでしまったのよ。そしていまはドリスの反感に押しつぶされそうになっている。もっと早くいまの仕事を辞めるか、ミッチに連絡を取って、自分のジレンマを相談しておけばよかった。そうすれば二人は今夜ここにはいないし、私もこんなに追いつめられて災難に手を出す羽目にはならなかったのに。

ミッチに恋している女性を演じるのは確かに災難に進んで手を出すようなものだ。彼にぜんぜん惹かれていなければ、ドリスの望むお芝居もそれほど危険ではないのだけれど。

でも私は彼に惹かれている。それも、とても深く。この人は頑固で、容赦ないところもあるけれど、昨夜彼が見せたやさしさの一面は忘れられない。そしてその厳しい見かけからは信じがたいことだけれど、びっくりするほどの、お茶目なユーモアのセンスもある。ローナはそこがとても好きだった。

おまけに彼はめずらしく、私のよそよそしさに尻込みしたり、超然とした態度にうんざりしたりしないし、いままでのところ、二人の軽い言葉のバトルを楽しんでいるらしく、私を不意打ちしたりするほどの才気もある。それは、ほかの、もっと退屈な男性たちに失望していた女性には大きな魅力だった。

けれど、彼の厳しい外見の下に誠実さを感じ取らなかったら、今夜彼とつき合おうとは考えもしなかっただろう。朝食の席に、女性を征服してきた男性という格好で現れることもできるんだ、と脅していたけれど、事実でもないのに、そんなふりをするほど卑劣な人ではないはずだ。それにたとえ事実だとしても、相手の女性に対して少しでも敬意があれば、そんなことを吹聴《ふいちょう》する男性でもない。そんなのは、弱くて子供っぽい男性のすることだ。

ナイトクラブに引きずってまでは行かないと言ったとき、そのいかつい顔の下に彼のまた別の一面もかいま見えた。黒い瞳に浮かんだ淡い悲しみの色に、ローナはたちまち、この人を信頼してみようと思ってしまったのだ。

「わかったわ。こういうことをするのは間違いだと思うけど」

「かもしれない」

頬に手が触れてきて、指の背で軽く撫《な》でられただけだったが、稲妻のような衝撃がローナの全身を走った。彼が厳しい口元を歪めた。

「僕を見て笑ってごらん、お嬢さん。そして、今夜を楽しむんだ。どうせのことならそうしたほうがいい」

ローナは半分催眠術にかけられたように彼を見つめていた。触れられてこんなに感じてしまう相手がなぜ、ミッチ・エラリーでなくてはならないの？　黒い、どこまでも黒い瞳をのぞき込んで、この人は私にとって、敵以外の何かになりえたかもしれないのにと、なぜ感じてしまうのかしら？


なぜこの人にこんなに心を乱されてしまうの？　どんなに望んでも、このことから何も生まれはしないのに？　感情をしっかり抑えておかなくては。ミッチ・エラリーはケンドラよりももっと立ち入ってはいけない人なのだから。

視線を彼から外し、ビーズのハンドバッグを取り上げ、彼が開けてくれたドアから外に出る。所有者然と腰の後ろに手がかかり、陰鬱《いんうつ》なもの思いから気をそらしてくれた。

頭の中でローナは、いままでにデートしたほかの男性とミッチを比べていた。すると、彼の車まで行きつかないうちに、ほかの男性たちがやぼったく思え、魅力に欠けてくるのだった。きっと年のせいよ、と自分に言いきかせる。いままでの相手より彼は年上だから。いかつい感じのせいで、はっきり幾つとはわからないけれど、きっと三十は超えているわ。

危険が多く苛酷《かこく》なカウボーイの仕事を彼はしてい

る。そして、その大人っぽさと自信が、彼女のほかのデート相手と比べ、彼を一段と際だたせてみせるのだ。アウトドアの荒々しい仕事や、その素朴な男っぽさにもかかわらず、一つ一つの動きは上品で洗練され、しかもそれがとても自然なのだった。

車まで来ると、ミッチは電動ロックを外してドアを開け、彼女が助手席に入るのを落ち着いて見届けている。彼が、車の流れの切れ目を一瞬待ち、運転手席側にまわってきてドアを開け、中に入るのをローナは見つめずにはいられなかった。それから彼は手早くエンジンをかけ、シートベルトを締め、大きな車をなめらかに通りへと出した。

二人の間の沈黙は和やかなものだったけれど、体の中にしっかりとこびりついているように思える、お互いの間の微妙な緊張の糸をローナは感じないではいられなかった。そして、彼の動きの一つ一つが気になり、ついそちらに目がいってしまうのだった。

大きな手がハンドルを易々《やすやす》と器用に操り、もう一方の手は、膝にさりげなく置かれている。それから、じろじろ見るのをやめようときっぱり思い決めて、ローナはフロントガラスに向きなおった。

彼の低い声がローナの関心をまた引き戻した。

「きみの養女先の記録は見せてもらえないということなんだが、いったいどうして、きみはドリスが母親だと考えたんだ？」

穏やかな口調には本当に不思議に思っている響きがあったけれど、ローナはその質問に困ってしまった。彼女からきかせていい話でもないし、感情的にならずに伝えられる自信もない。

それに、ドリスとその義理の息子との関係を傷つけるのもよくない。ミッチ・エラリーにいま感じていることからすると、全部を話せば、彼はこちらの味方になってくれるかもしれない。でも、彼の目に映るドリスの姿を傷つけ、二人の仲を損なってしまう。そしてそうなればケンドラも、母親と義兄《あに》の間がうまくいっていないと感じて悲しむだろう。

私は彼らの暮らしからすぐに出ていく人間だ。私が去ったあとも、それを抱えて生きていかなくてはならないようなことを、エラリー家のだれかにもらすのは、決してフェアではない。

彼の好奇心を満たすためになまじその話のほんの一部でももらせば、それはそこでは終わらないという気がする。彼には資力があるし、彼が私の感じているような人なら、すでにだれかを雇って、私の過去を探らせているはずだ。そして与えられた断片を手がかりに、多くのことを探りだしてしまうにちがいない。

私が八歳だったあのショッキングな時期のことは何一つ明かさないほうがいい。あのドアは閉めたままにしておくのがいちばんだ。ドリスのためにもケンドラのためにも、そして私自身のためにも。それに、仕事も辞めるしデートの茶番劇にも応じたのだから、わざわざ血液検査をするいわれもなくなった。

「その問題はもういいんじゃない？」淡々と事務的な口調を保つように穏やかに言う。「ケンドラの人生から出ていくと約束したんだし、仕事を辞めることにも、あなたとデートして、そのあとあなたを失恋の憂き目に遭わせるという突拍子もない計画にも同意したんだから」肩を小さくすくめると、彼がこちらを見た。その厳しい視線をローナはしっかり受け止めた。「だから血液検査ももう不要ね。私はそれほど名士でもないし、お互い住む世界が違うんだから、エラリー家の人たちも、もう私の消息すらきかなくなるでしょうよ」

ミッチは、運転をしているにしては無分別なほど長く、黒い瞳でこちらの目を探っていたが、やがて前に向きなおり、厳しい横顔を見せ、耳障りな声でにべもなく決めつけた。「では、確証はないんだ」

「ノーコメントよ」

唐突に振り向かれ、ローナは不意を突かれた。絡んだ視線を彼女はすぐに引きはなしたけれど、黒い瞳に怒りと同情がきらっと光るのが見えた。

車はスムースに走り、ローナはリラックスしようとした。けれど、彼が何かを考えながらこちらをちらちら眺めているのがわかり、なかなか落ち着けなかった。そしてふいに口をきかれ、びくっとした。

「僕が何を考えているか知りたくない?」

低くかすれた声に気分は安らいだけれど、その質問にローナの胸は波だった。彼女は膝で拳《こぶし》を握って、相手の方は見ないようにし、赤信号で車が止まったときは、横断歩道を渡る人たちに視線を向けていた。

「いいえ、別に」そう答え、そらしていた視線をようやく彼に向けた。「気を悪くしないでね。でも、あなたや私が何を考えようと、これがどういう結末を迎えるかにはあまり関係ないと思うの」

「かもね」何か小さく見つけにくいものを探るようにじろじろと顔を見られ、ローナは横を向いてその詮索を避けるしかなくなった。

「信号が変わったわ」どこに行くにしろ、早くそこに行って二十分を過ごし、さっさと帰ってしまいたかった。

車が交差点になめらかに滑りだすのを、息を詰めて待ち、車がスピードアップしたときわずかにほっとしたけれど、彼の次の言葉にそれも吹き飛んでしまった。

「だが僕は、自分の考えを話すよ」

〝別に驚きもしないけど〟というローナの言葉にはもっと棘《とげ》があって当然だったが、むしろおもしろがっている響きすらあった。彼のことがおもしろくなってきたのだ。彼は率直で、おなかにものを溜《た》めておけない人だ。それに、自分の思いどおりにすることに慣れているワンマンでもある。彼は明らかに専制君主的人間らしい。けれど自分の愛する人たちには寛大な専制君主だ、と直感が告げる。結局彼は義《いも》妹《うと》を愛し、恐らく、義母も愛しているのだ。二人を守るためにはなんでもしようとしているのだから。

　ミッチは長い息を吐き、最後に低く含み笑いをもらした。私の答えが気に入ったのかしら？　それともそれは男の人がうんざりしたときの吐息かしら？　たいていの男性は私の言葉にときどき戸惑うらしい。彼もそうかもしれないけれど、それを楽しんでいるようにも見える。

　ほかのことがなければ、この人とはもっと深い関係になれたかもしれないのに。そう思うとまた気が滅入《めい》ってくる。彼の方を見ると、横顔がかすかなほほえみに緩んでいた。それからいわゆる自分の考えというものを語りだした。

「僕はきみをうそつきとも詐欺師とも思わない」

　びっくりして眉がつり上がる。「まあ、ありがとう」

「きみは、情緒不安定にも妄想家にも見えない」

「おやおや。大した褒め言葉ね」わざとドライに言う。「人物照会先としてあなたの名前を私の履歴書に書いておかなくては」

　驚いたことにローナは手を取られていた。とても自然な感じで、大きな手に自分の手がほとんど包み込まれているのが見えショックだった。振りはなせるほどではないけれど握り方はやさしく、そのやさしさに胸がぐっと詰まり、目がちくちくしてくる。私、どうしてしまったのかしら？

　ミッチが軽いハンドルさばきで車を大きな駐車場に入れ、駐車通路の一つをまっすぐにナイトクラブの正面玄関に向かった。

　自分の考え、と彼が言っていたのは、私のいわゆる資質を並べ立てることだったらしい。けれど、どうして私の手をこんなにやさしく握っているのかしら？　ほとんど愛《いと》しそうに？

私の感情はここ何カ月か、ケンドラのことで大揺れに揺れ、昨日からは、ミッチに出会ったことで、特にその揺れは激しくなっていた。だからやさしく手を取られて涙ぐんでしまったのだ。

ジェットコースターに乗っているようなこの感情の揺れは、いつの日か、それもごく近いうちに終わるだろう。そして静かで退屈な人生が戻ってくる。安全で控えめな男性とデートして食事をし、なんの感動もないキスをされ、アパートの正面玄関から中には入れないでいると、相手はがっかりするか、いらだった顔で帰っていく、そういう退屈な人生が。そう思うと胸がきゅっと痛くなり、目がまたいっそうちくちくしてきた。

車がナイトクラブの正面玄関で止まり、握っていた手をはなして彼が下りていったので、ローナはそちらに関心を向けかえることができてほっとした。彼がボーイにチップを渡し、それからこちらのドアを開けにまわってくる。諦めてローナはハンドバッグを取り上げ、外に出た。

相手の顔をちらっと見上げると、口を気難しげに結んでいるのが見え、少し慰められる。彼にもこれは気の重い任務なのだ。私のほうは彼に惹かれているふりをする必要は本当はない。むしろ惹かれる気持ちにブレーキをかけなくてはならない。私が気が重いのはその点なのだ。

彼のほうは私に惹かれているふりをしなければならないと思うともっと大変だろう。昨夜私のことを、忘れられなくなった人だったかも、とは言っていたけれど。今夜彼が言ったことも、赤い血の流れた男性が行きずりの女性に惹かれたときの台詞《せりふ》ほども個人的なものではない。

彼の演技は私のよりもケンドラの目にリアルに見

えなければならない。二人の関係が〝パンク〟したとき、しょげたりがっかりしたりするのももっともだ、と思わせなければならないのだから。その目が輝いて見えるのは、自分の役柄へのウオーミングアップか、私にもその役柄らしい気持ちを起こさせようとしてのことだろう。

二人の間のすべて、少なくとも彼の側のすべてに説明がついたことに満足して、ローナがドアの方に一歩踏みだすと、ミッチがその肘を取って、歩調を揃《そろ》え、曲げた腕に彼女の手を抱え込んでしまった。

「それらしく見せて」彼が怒ったように言う。そう、そのとおりだわ。ケンドラが見守っているかどうかわからないけれど、着いたときからカップルらしく振る舞っているほうが無難だ。

けれど、それを楽しむあまり、興奮と不可能な希望で胸が狂ったように騒ぐなんて、正気の沙汰《さた》ではない。それに、いくら相手がいままで見たこともないほどセクシーで男らしいからといって、その腕に抱かれ、その体にぴったり抱き寄せられるのが、ふいに待ちきれなくなるなんて。

込み合ったナイトクラブに一歩踏み込み、ミッチの腕が体にまわってきて脇《わき》にしっかり抱き寄せられたとき、ローナのハートは本当に狂ってしまい、くらくらする頭の中の筋道立った考えは、〝やったわ！〟だけだった。

5

彼の腕が腰にしっかりまわっていて、そのすてきな感覚に体が震えてくる。ふいにローナは今夜は心がひどく傷つく夜になりそうだと感じた。

ミッチは席を見つけようとはしなかった。大きな体で彼女をかばいながら押し進み、人込みをぐいぐい縫っていった。そして、ダンスフロアに着いて彼女に向きなおると、その手から小さなバッグを取り上げ、安全のために自分の上着のポケットに入れてしまった。その仕草に驚いてローナはちらりと笑みをもらしたけれど、すぐに手を取られ、腕が腰にまわってきて抱き寄せられてしまった。

ふいに、胸から膝までがぴったりと触れ合い、それは電気を帯びた熱い壁に触れたようで、ばったり倒れるか、かりかりに焼けてしまわなかったのが不思議なほどだった。脚からは恥ずかしいほど力が抜け、その反応に感づかれるのではないかと恐れてローナはこっそり相手を見上げた。二人ともまだダンスを始めてもいなかった。

黒い瞳がサーチライトのようにこちらの目に注がれている。その凝視にも、たくましい体にぴったり抱き寄せられている感覚にも耐えられなくて、視線を、紐《ひも》タイを留めているトルコ石の飾りに落とした。するとふいに、アフターシェーブローションのかすかな麝香《じゃこう》の香りに圧倒され、血が濃く甘くなってくる。それは彼女が初めて感じた本物の欲望の味だったかもしれない。

「二十分では足りないか、十九分でも長すぎるかだ。きみを抱き寄せた感じは思っていたよりずっとすばらしい」

ぶっきらぼうに言われ、ローナの顔に血が上った。この人はどうしてこんなことを言うのかしら？　まるで、私をその腕に抱くことを考えていたかのように。まるで、それを楽しみに待っていたかのように。まるで、そうしたくてたまらなかったかのように……。

体を引こうとしたけれど、腰にまわった鋼のような腕に、少しの隙間《すきま》も空けさせないようにぴったり抱き寄せられている。それでも、二人はまだダンスを始めていなかった。

「席を見つけないと」足元がふらつくようで、ローナはそう言ってみた。

「空いた席はない。踊るしかないよ」目を上げると、黒い瞳が熱っぽく輝いているのが、薄暗い照明の中でも見えた。「さあ、踊って」相変わらずぶっきらぼうな口調で言う。

けれど、ローナは膝に力が入らず、全身がじんじんしてくるのだった。感じていいはずのはにかみ――いつもは感じるはにかみ――が、二人をしっとりと包む官能の濃い靄《もや》のせいでどこかへ押しやられ消えていた。さっきまで騒々しかったカントリーバラードの響きさえメローにきこえる。彼がうつむいてほほえみかけてくる。かすかなほほえみだけれど、ほほえみにかわりはない。そして、その瞳にはあからさまな欲望の色が見えた。

たじろいで視線をそらすと、彼がゆっくりと踊りはじめた。動きがしっかりと確実で、ローナの愚かな体は、相手になおぴったりと寄り添ってしまうのだった。握った彼の指に力が入り、背中にまわされた手が、ほかの人に許したことのない辺りまで大胆に下りてきて、はなれようとしない。

ぞくっとする感じが頭のてっぺんからつま先まで流れ、それが熱くなって、深く溜《た》まっていく。その感覚に抗《あらが》おうと、ローナは二人の気をそらすことはないかと考えた。「ケンドラの姿、見かけました？」

目を上げると、またミッチの目の熱い輝きにとらえられてしまった。

「まだだが、どうして？」

「だって、彼女に私たちを見せるのが目的でしょう？」ローナは彼から視線をそらして、自分で辺りを見まわしてみた。

「人込みの中できょろきょろ彼女を捜しているのを当の本人に見つかったらまずいよ」

「あからさまにそんなことをしていいとは私も言ってないわ」

「いらいらしているようだね」

まったくそのとおりだった。「当然でしょう？」一瞬ためらってから、言葉を継いだ。「こんなことすべきではないんですもの」

「たぶんね。だが、さっきも言ったように、ここに来たことを僕は後悔してないよ」

ローナは相手の肩に視線を向け、そこに釘《くぎ》付けになっていた。「お世辞のつもり？　それならそんなのお世辞にならないことを知っておいて。ダンスは久しぶりだと言おうとしているなら別だけど。そうすればそれは個人的な意見ではなくなるから」

「どうして？」

「あなたはそれほどおばかさんにも見えないし、なぜなのか、ご自分でわかるでしょ」

握り合った彼の指先にかすかに力がこもり、背中の、きわどいほど下に当てられた手がわずかに動くのが感じられ、それに促されてローナは顔を上げた。すると、探るようにこちらを眺めている真剣なまなざしに出会い、静かな凝視から視線を外せなくなってしまった。

「今度のことではきみがいちばん高い代償を払うことになるのは僕もわかっている。そしてそれをとても残念に思っている。きみが考えている以上にね」

その目の中の同情の色――ふいに表れた物悲しい色――を見て、ローナはますます彼が好きになり、この気持ちにストップをかけなくては、と思った。

「喉が渇いたわ。何か飲まない？」

ミッチはすぐにダンスをやめたけれど、手は握ったまま、踊っている人たちの間を縫っていった。バラードはすでに終わっていて、バンドはもっとにぎやかな曲に音を合わせはじめ、二人がダンスフロアの端に辿《たど》りついたときには、その曲が始まっていた。

バーは込んでいたが、ミッチは長いカウンターの端近くに空いた席を一つ見つけ、ローナが高いスツールに腰をかけるのに如才なく手を貸した。そして自分は、彼女と隣の客との間に体を入れ、片手はまだ彼女の背中に添えたままで、注文を促すようにその顔を見た。そして、なんでもいいからダブルで、と彼女が答えると、黒い眉をつり上げ、バーテンに合図して、ウイスキーを二つ注文した。

バーテンが注文の飲み物を取りに歩き去ると、ミッチは彼女の方に身をのりだした。「強い酒が好きだとは意外だな」

「生まれて初めての経験よ」

いかつい顔が、ほころびそうに緩んだ。「それ、僕へのお世辞のつもり？　なら、そんなのお世辞にならないことを知っておいてくれないか」さっきの彼女の言葉を繰り返す。「禁酒主義者に強い酒を無理に飲ませたとは思いたくないんでね」

ローナもつい茶目っ気をかき立てられ、彼がさっきしたのと同じ質問をした。「どうして？」

「きみはそれほどおばかさんでもなさそうだし、自分でわかるだろう？」このちょっとした冗談を楽しんでいるかのように彼の目が躍っている。私の言った言葉をすべて覚えていてくれるなんて、信じられないほど嬉《うれ》しい。それに少し慰められる。私のほうは彼の言葉を一つとして忘れられそうになくて、それもあってこの状況に憂鬱《ゆううつ》になっていたのだから。

「あなたの牧場はどれくらいの広さなの?」ローナは尋ね、それからはっとした。話題を変えるつもりできいたのだが、彼の牧場はこの辺りで恐らく一、二を争う広さだろう。だから、きいてはいけないことをきいてしまったと気づいたのだ。彼はエラリー家の資産を守ることにかけてはひどく用心深く、金目当ての女性には警戒しているみたいだとすでに十分感じていたのに。

果たして彼の目から浮き浮きした色が消えた。

「一日中馬を走らせても、向こう端まで行きつけないほどの広さだ」

バーテンが二人の前に飲み物を置いたのでローナはほっとして視線をそらした。彼が、背中に添えていた手をはなしてポケットから財布を出し、彼女が飲み物を取り上げている間に、紙幣を選んでそれをカウンターの上にぽいと置いている。ローナは落ち着かなかった。とりわけ、財布をしまった手がまた背中に戻ってきたので。

それから今夜は自分の分は払うと宣言したのを思いだし、飲み物を、口もつけずにまた置いて、ハンドバッグを返してちょうだい、と言った。

彼がそれをポケットから出して渡してくれた。ローナはありがとうとつぶやいて受け取り、すぐに開いて、彼が支払った分の半額の紙幣を引きだした。

「金はしまいなさい」怒った声で言われたが、ローナは無視して、紙幣をそっと彼の上着のポケットに入れた。

「自分の分は払うと言ったでしょ」顔を上げてローナは彼としっかり目を合わせた。「それにあなたの牧場のことは一応尋ねただけで、誘惑するだけの値打ちがあなたにあるかどうか確かめようとしたわけではないのよ」

「僕は、本命の恋人にはベッドの中でも外でも気前はいいほうだよ」

無遠慮な不意打ちに遭ってローナは息をのんだ。そして彼に少し腹が立ってきた。「私、恋人は求めてないわ」

「強い酒も今夜が初めてなんだろう？　恋人の場合も同じじゃないかな？」

ダンスフロアで彼に抱かれていたときよりなお具合の悪いことになってしまった。ローナはうんざりして、正面に向きなおり、思い切って飲み物に手をのばした。そして、ひりひりと焼けつくような感じを覚悟して、慎重に口をつけてみた。

それでもやはり少しむせてしまった。噴水の栓を開いたかのように涙が溢《あふ》れ、ナプキンを取って、目の下に片方ずつ当て、それからもう一口飲んでみた。

ミッチの低い笑い声が耳元で響き、頬に温かい息がかかった。「きみを蝕《むしば》んでいるやつをそいつで溺《おぼ》れさせようとしているのかい？」

むせてかすれた声で、ええ、と答えると相手はまた笑った。罠《わな》にかかったようで自分がばかみたいに思え、腹立ちと挫折《ざせつ》感で、残りを一気に飲み干し、グラスをカウンターに置いて、ナプキンで口を押さえた。レントゲンで見ても、焼けた食道や胃は残骸《ざんがい》すら映らないのではないかしら。だが、胃は確かにそこにあるらしく、ぐらっと傾いて吐き気が襲ってきた。彼女はじっと息を殺し、この夜の出来事に屈辱の上塗りをしないですむように、吐き気が収まるのを祈る思いで待った。

ミッチの手が背中をすっと上がってきて、やさしく肩をつかんだ。「大丈夫？」身をのりだしてきく。

ローナは思い切って小さくうなずき、胃がむかっとこなかったのでほっとした。顔がくっつき合うほど、彼の顔が近くにあるけれど、そちらを見ることはできなかった。

「何かアルコールを薄めるものを飲んだほうがいいみたい。ソーダ水か、冷たい水を」

また笑われ、ローナは自分が救いようのないおばかさんに感じられた。彼がすぐにスプライトを注文してくれた。その代金の二ドルばかりを出そうとハンドバッグを手探りして開けようとしたが、そのとたん、すっと引き抜かれ、留め金をぱちっと締めて、上着のポケットに入れられてしまった。

「きみは頑固すぎるよ、ローナ・ディーン・ファァレル。それに、牧場のことはきみの話を信じるよ」

「では、私のことを勘ぐるのはよして。私が金目当ての女性でないことはもうわかっているはずだし、あなたより収入の少ない女性がみんなあなたの財産を狙《ねら》っているとはかぎらないんですからね。それに、どんなに金目当ての女性でも、それを手に入れるのにドラゴンと対決しなくてはならないとなると、二の足を踏むでしょうよ。だからあなたはそれほど心配しなくてもいいの」自分がフルネームで呼ばれたのにローナはふいに気づき、避けていた視線をようやく相手に向けた。「調査員を雇ったのね？ いつ？」

「金曜日、ケンドラをうちに連れて帰って、電話をかけられるようになったらすぐに」

スプライトが来て、代金が支払われ、ローナはグラスに手をのばした。「それで、あなたのお金でどんな情報が買えたわけ？」

「ローナ・ディーン・ファァレルのミドルネームは、養母の旧姓と同じだということ。きみは物静かで、行儀のいい子供で、里親は六回替わった」

「私の子供のころの記録を手に入れたのね？」ローナは相手の顔を用心深く探った。「それって、違法ではないの？」

「もっとききたい？」

ふいに悲しくなり、うろたえてローナはかぶりを振った。「いいえ、いいの」

ミッチがカウンターに腕をついて、また近々と身を寄せてきた。「わかった。だけど、一つ知りたいことがあるんだ」

息が顔にかかるほど彼が近くにいる。その真剣なまなざしに彼女は目をしっかりとらえられてしまった。

「調査員が見すごしたこと？」

彼はかすかにほほえんだが、質問に対して直接は答えようとしなかった。「里親の所の裏庭でポニーを乗りまわしていたことがあるそうだが、馬で小川のそばまでピクニックに行けるほどだといいがと思って。実は、明日、うちの牧場に来てもらうことになっているんだ」

里親のこんな細かいことまで調べ上げたなんて。これではプライバシーへの期待は完全にうち砕かれたようなものね。ミッチの雇った調査員の情報網にローナは感心してしまった。土足で踏み入るようなこういうやり方にかろうじて腹を立てないでいられたのは、過去に卑劣なことは何一つしていなかったからで、〝いい子〟でいたことに、なんらかの報いはあったわけだ。こんな形で報われるとは思ってもいなかったけれど。

ローナはきっぱりと首を横に振った。「あなたの牧場には行けないわ。ぜったいに」

「牧場にも連れてこないような女性に僕が惚《ほ》れるわけがないとケンドラは思っているから」

胸の痛みが高まり、ローナは正面に向きなおって残っていたソーダ水を飲み干し、グラスを置いた。それからいきなりカウンターに背を向け、スツールを下りて立ち去ろうとした。

ミッチがすぐ脇《わき》に寄ってきた。その手からのがれ、彼女は大きなクラブのメインルームへと、テーブルを縫っていき、それからまっすぐドアに向かった。

けれど、ミッチにまた易々《やすやす》と腕を取られてしまい、今度はそれを振り払う前に、ケンドラの姿が目に入った。テーブル席の一つから二人の注意を引こうと狂ったように手を振っている。

それでなくても惨憺《さんたん》たる夜だったのに、これからケンドラと向き合わなくてはならないの？　しかもミッチと幸せなカップルのふりをして？　この茶番劇にはすでにうんざりしていたけれど、それでもローナは、あいまいな微笑を浮かべ、ミッチに急《せ》かされてケンドラの方に向かった。

「まあ、ローナ、あなた、とってもエレガントで粋《いき》よ」カントリーバンドの音に消されないようにケンドラが声を張り上げる。「お二人、すごくお似合いのカップルだわ」ケンドラは幸せと相手への賛辞をたっぷりまき散らし、ローナの空いているほうの手を取って握りしめた。そして、熱っぽい笑顔をミッチに向けた。「彼女、すてきでしょう？」

ローナはひどくばつの悪い思いだったが、ケンドラは気づかないようだった。

「そうだね」ミッチが答える。

ローナは体をかたくし、上司にうなずいて無言の挨拶《あいさつ》をした。ジョンもうなずき返した。ケンドラが陽気に先を続けた。「ねえ、お二人とも私たちに合流しない？　よかったら、もっと静かな場所に移動してもいいし」

ローナが思わず首を横に振るのとほとんど同時にミッチが答えた。「ごめん、悪いけど遅い夕食に出かけるところなんだ」

「明日は彼女を牧場に連れてくるんでしょう？」

ローナは内心たじろいだが、ミッチは楽しそうに笑った。「二人きりのピクニックにね。がきっぽい義妹《いもうと》やスパイはオフリミットだぞ」

ケンドラは胸で十字を切った。「求愛の場面を、まだ壊れやすいつぼみの内に邪魔しようなんて、夢にも思っておりませんから」

ジョン・オーエンが口を挟んだ。「そんないたずらができないように明日は僕がケンドラのためにプランを立ててあるから」

「ありがとう。何年か前、こいつにはひどい目に遭わされたからな」

ケンドラが顔を赤くした。「ずいぶん昔の話よ」

「僕は覚えがいいんだ。若い娘が男性を初めて誘惑しようとぎこちなく始めたとたん、十四歳のいたずら娘とその友だちに見られていると知ったんだ。彼女、あのショックから完全に立ちなおれたかどうか」

ケンドラが照れくさそうに笑った。「私だっていつまでもあんな年ではないんだから」

ミッチが義妹にわざと厳しい顔をしてみせた。

「だが、確か二年前も……」

その先を言わせないとケンドラが笑いながら彼の上着の折り襟を引っぱった。「いいわ、わかったわよ。お兄さんとローナを二人きりにしておいてあげるから。邪魔はしないわ」

「よかった。今回はジョンというお目付役もいることだし」ミッチはジョンにうなずいてみせた。「恩に着るよ」

ジョンがにっこりした。「僕がケンドラとつき合いはじめたとき、きみが同じ手で仕返ししなかったからおあいこさ」

ローナは三人の話をききながら、早く店を出たくていらいらしていた。騒々しい音楽や、それに負けないように張り上げる話し声に頭がくらくらしてくる。ここをのがれて新鮮な空気と静けさの中に出ていきたい。そして明日の牧場行きを断る何かいい口実を見つけなくては。

牧場には行けるはずがない。そこにはドリスがいる。母親ともう一度顔を合わせる羽目にはぜったいたなりたくなかった。ミッチはおばかさんではないみたいだから、詳しく説明しなくても、この気持ちをわかってくれるだろう。

ケンドラがようやく二人を、人込みと騒音と仲人としての意気込みから解放してくれた。驚いたことに、ナイトクラブの外の静けさに出ても、ローナの頭はいっそうくらくらしてくるのだった。ドレスに合わせて買った靴のヒールが急に危なっかしいほど高く思えてきた。でも、いまはケンドラの目もないので一人で歩こうと彼女はミッチの手をはなした。

初めの二、三歩はうまくいった。それからヒールのとがった先が歩道の割れ目に引っかかった。ミッチがとっさに支えてくれたけれど、それでも無様によろめいてしまった。

「あらまあ」彼女は遅ればせのつぶやきをもらし、くすくす笑ってミッチの腕につかまり、細いヒールを割れ目から引き抜いた。ミッチは、自分の車をまわすようボーイに合図し、それから彼女に関心を向けた。

「ふらふらするんだろう？」当然だ、という黒い瞳に見つめられ、ローナはかぶりを振った。

とたんに、歩道がぐらっと傾くのを感じた。ミッチがまっすぐに向きなおり、彼女のもう一方の腕も取った。

「何か食べ物を胃に入れなくては。そいつがアルコールを吸い取ってくれるだろう」

くすくすと笑いがこみ上げてきて力が抜けていく。

「私、酔ってなんかいないわ」

「いや、飲みすぎてるさ。ダブルだったからアルコール漬けになるには十分だ」

「私、アルコール漬けにもなってないわ」くすくす笑いの気分は少し収まったけれど、まだ世界が傾き、ぐるぐるまわっているような気がする。「このまままっすぐ家に帰りたいだけ」

「まず何か食べなくては」

いらだたしさにかっとなり、世界がいっそう大きく動いたような気がした。その感覚に抗って、ローナは理路整然と話そうとした。

「ダンスフロアに二十分いることに私たちは合意した。そして二人一緒のところをケンドラに見せた。ケンドラは私たちをカップルと思った。これにて任務完了。帰らせていただきます」うちに帰れば、明日の牧場行きを断る手を何か考えられるだろう。彼に有無を言わせないだけの理由を。

「ダンスフロアには五分もいなかったよ。それに、きみに牧場行きをオーケーさせるには、ステーキディナーの大半はかかりそうだ。だから例の遅い夕食ってやつに出かけよう」

いらだちに、くすくす笑いの気分はすっかり消えた。怒りが高まり、ローナは相手をにらみ上げ、ケンドラがしたように彼の上着の折り襟をつかんでいるのも気づかず、きっぱり言った。

「ねえ、ミスター・エラリー、さっきも言ったけれど、あなたは世界を支配……」

拳《こぶし》をやさしく握られて、折り襟を引っぱっているのに気づかされ、言いかけていた言葉が途中で切れた。

「お願いだ、ローナ。夕食をつき合ってくれないか」静かなかすれた声。「僕はおなかが空《す》いている。だがうちに帰るころにはコックはもうとっくの昔に寝てるだろう。それに一人で食事をするのが僕は嫌いなんだ」

ローナは茫然《ぼうぜん》として相手を見つめた。ほら、まただわ。また、暴君から豹変《ひょうへん》し、今度はやさしくかき口説く。牧場の寒々としたキッチンに戻っていく孤独な男性とか、町はずれのレストランでカップルに囲まれての深夜の侘《わ》びしい食事とか、彼が描いてみせたどこか痛ましい図柄を鼻先であざ笑ってやりたいのだが、その瞳に見た真摯《しんし》な色がそれを阻んでしまう。

彼へのいらだちが、仕方ないと諦《あきら》めるときの、一種、火のついたような痛みへと変わるのを感じ、それでもローナは最後のあがきを試みた。「お願い、ミッチ、これってばかげているわ」

折り襟をつかんでいた手をそっとはなして持ち上げられ、その指に彼がキスをしようとする。厳しい口元が緩くすぼめられ、肌にゆっくり押しつけられる光景はとてもエロティックで、ローナは全身を熱い波に襲われ、それ以上を求める激しい渇きにとらえられてしまった。

「いままでいちばん楽しいばかばかしさかもしれないよ、ローナ・ディーン」目がとても真剣で、ステットソンの鍔《つば》が駐車場の薄暗い灯《あか》りから視線を翳《かげ》らせているけれど、そこに見て取れた誠実さに、ローナは胸をつかれた。「きみとは一分一秒でも長くいたいんだ」

それからまた唇が指にやさしく、ゆったりと押しつけられ、いままで感じたことのないほどの強烈な切望にローナは全身を貫かれた。視線を絡めたまま彼がゆっくり顔を上げる。恥ずかしいほど私はこの人に弱い。こういうことに弱い。泣きたいという衝動が、心の奥深くの、いままで忘れていた孤独の淵《ふち》からわき上がってきて、ローナは言葉を失い、目に溢れてきた熱いものを頬にこぼさないようにやっとの思いでこらえたのだった。

この人こそ私が待ち望んでいた人。これまでも本能的にそんな感じはしていたけれど、でもふいに、ある認識が胸にも頭にも鮮やかに燃え上がったのだった。この人と共に過ごしても最後には悲しみに終わるだけだという、辛《つら》い辛い認識が。

もうずっと前から涙を見せないでいられるようになっていたし、それには自信もあった。けれど、いま涙をこぼさないでいられたのは奇跡だった。口の両端が心と同じほど重く感じられた。でもそれを、震えがちではあるけれど、少し持ち上げてみせたのだった。

「おなかを空かしたまま寝るのは悲しいわね」微笑は浮かべることはできたけれど、その言葉は彼女の耳にも陰気くさく響いた。〝きみにはそれがわかるんだね〟と黒い瞳の煌《きら》めきが語っている。それをはぐらかそうとして、ローナは声をたてて笑ってみせた。「かわいそうな、かわいそうな、テキサスの億万長者さん、ドライブスルーのハンバーガーではお気に召さないんでしょう？」高ぶってくる感情を抑えようと、ローナは取られていた手を引き抜いた。「それとも、ウルトラリッチなテキサスボーイはドライブスルーのハンバーガー店が何かもご存じない？　おたくの株のリストには入ってないのかしら？」

それに続いた沈黙は、胸の速い鼓動半ダース分ほど長すぎた。ローナは息を詰め、微笑だけは大きく広げて返事を待った。この人に、さっき彼女の悲しみと見えたものはなんだったのだろう、と思わせることができたという印を求めて。

けれどミッチは、車が来たよ、と言っただけだった。ボーイが車を降り、彼女のために助手席のドアを開けようとまわってくる。ローナはミッチから視線をそらす口実に感謝して、それを見守った。そして、ミッチがボーイにチップを渡し、運転手席側に大股でまわって行く間に、車に乗り込み、シートベルトを締めた。

ミッチが、込んだ駐車場を抜けて車を通りに出すまで二人は無言だった。

「で、どう決めた、ローナ？　夕食をつき合ってくれるかい？」

分別が最後にちらっと頭をもたげたけれど、それはまるで幻であったかのように、たちまち消えてしまった。「いいわ」諦めてローナはそっとつぶやいた。けれど、ミッチの顔を盗み見ると、厳しい表情をしていた。

それから、見られていることに気づいたように彼女にちらっと目を向け、その手をそっと握り、また正面に向きなおった。握り合った手を見下ろし、ローナは思わず、空いたほうの手を彼の手に重ねてしまっていた。初めはためらいがちだったけれど、でも、指がしっかり握りなおされるのを感じて、これでいいのだと安心した。

ミッチへの思いは怖くなるほど強かったが、ローナはめずらしく、不運や悲しみの予感を押しやることができた。引き返そうとしてももう手遅れだし、こんな感じは二度と味わえないかもしれない。それで、その甘く切ない感情に、小さな幾つかの花を開かせてやったのだった。

6

ミッチはまるで本気で彼女を口説こうとしているかのように愛想よく細やかな気遣いを見せた。それはまるで彼も、ローナ同様、二人を結ぶ仮借ない運命の糸にとらえられたかのようだった。ローナには初めての、町はずれの小さなレストランで二人はステーキディナーを注文し、天候から政治まで、うち解けて話を続けることができた。

それは気楽でリラックスしたおしゃべりだったけれど、ローナはミッチほどは率直になれず、まだどこか警戒していた。ミッチはしっかりした興味深い意見を持っていて、歯に衣《きぬ》着せずに語り、びっくりするほど本も読んでいた。どんな難しい話をしても、だれとでも渡り合えるほど博識で、それもまたローナには大きな魅力だった。

　食事を終え、コーヒーを前にくつろいだとき、ミッチが将来の夢を尋ねた。そして心にもないローナのうそに熱心に耳を傾けた。

　将来の夢は、妻になり家庭を持ち、子供を育てることだとローナは言えなかった。それで軽くあしらうことにして、すてきな仕事をあれこれと並べ立てたのだった。それから彼にも同じ質問を振り向け、先祖代々の牧場や油田がなかったり、ふいに資産をすべて失ったりしたら、何をするか尋ねてみた。

「馬に関連したアウトドアの仕事ならなんでも」とっさに答えが返ってきた。

「骨の髄までのタフガイなのね」ローナは大して驚きもしなかった。確かに、これから先の毎日、オフィスに座っている彼なんて想像できない。「どうしてもお金持ちになりたい？　それとも、住宅ローンを抱えての慎《つつ》ましい暮らしでもいい？」

「金がすべてではないが、子供を育て教育を受けさせてやるだけの金はほしいね。それに、妻にときどきすてきなものを買ってもやりたいし」

　それまでは世間話並みの軽いタッチのおしゃべりが続いていた。深刻で立ち入った話はしないでおこうと、無言のうちに二人で決めていたかのように。そしてローナも軽薄に仕事のリストを挙げてみせたのだが、彼のいまの言葉をきいたとたん、気持ちがすとんと何キロも沈むのを感じた。家族は彼女の密《ひそ》かな目標だった。それを得たいと物心がついてからずっと待ち望んできた目標。ミッチが自分の好きな仕事を明かし、お金を儲《もう》けるのは、子供を養い教育を受けさせるためだ、とはっきり言いきるのをきいて、彼がいっそう好ましい人に思えてきた。

　けれど、最後の、〝妻にときどきすてきなものを買ってもやりたいし〟という言葉は、とても個人的で、彼女に直接向けられたようにきこえた。義妹《いもうと》や義母《はは》に対するミッチの忠実さや保護者意識をローナはすでにねたましく思っていた。いまの言葉にその気持ちはいっそう強まった。彼の言った〝妻〟が自分のことを指していると思ったのは恐らくこちらの誤解で、それは、そうであってほしいという切望から生まれたものにちがいなかったから。

彼女がいままでデートした相手の多くは立身出世に夢中だった。精神的に不安定で子供っぽく、物欲にとらわれ、家庭や子供のことは二の次三の次という人が大半で、真剣につき合う気にはなれなかった。けれど、ミッチ・エラリーには本気になってしまいそうだった。危険なほど本気に。

「何か気に障ることを言ったかい？」

低く太い声で尋ねられ、ローナは頬がかすかに火照るのを感じたけれど、わざと、淡々とした微笑を浮かべてみせた。「出世やお金儲けに夢中になっている男の人が多いけど、あなたは、家族や子供たちが第一みたいね」

「妻や子供たちがね」緊張した顔をまじまじと何一つ見落とさないように眺められ、自分のことを見透かされそうで、内心を表情に出さないようにするのが一苦労だった。彼の訂正にどう答えていいかわからなかったが、その必要もなく、彼が言葉を継いだ。

「僕も若気の至りをやらなかったとは言わないよ、ローナ。だが、もうすぐ三十三だ。妻を探して、エラリー家の次の世代作りの計画を立てるには遅すぎるくらいだ。それに、僕は一人っ子だったから、子供は二人以上はほしいしね」

ローナはコーヒーカップを急いで持ち上げて、それを口に運びながらどう答えようかと考えた。胸はどきどきしていたけれど、曲がりなりにも笑みは浮かべることができた。「あなたの奥様になる方にも意見はあるかもよ」

「子供の数で同意できないような女性は僕の妻にはなれない」

二人の間の空気が重苦しくなってきていた。一つ二つの率直な言葉で、ふいに深刻な雲行きになってしまった。そして大きな石が池に沈んでいく速さでどんどん深刻になっていく。

四人ぐらいはどう？　ローナはそう言いたかった。それともいっそ半ダースぐらいでは？

黒い瞳の黒髪の子供たち。そして少なくとも一人か二人は青い瞳。幸せで健康で、愛情と保護をたっぷり注がれた子供たち。不要だとされたり無視されたり、突き返されたりすることを想像すらできない子供たち。

それに、一人か二人、世間から見捨てられた子供たち。養父母に死なれ、親戚《しんせき》縁者のだれからも引き取るのを拒まれた、私のような子供を。頼る人一人なく、つまはじきにされた子供。愛に飢え、居場所を渇望する子供。養父母を求めながら得られない子供。そんな子供たちをせめて二人。ひょっとしたら二人以上。

口に出しては言えないけれど、心はふいにそう叫んでいた。そして、もし勇気を出してそれを口にしたら、彼はなんと答えるか、とても知りたくなってしまった。

幸い、ウエートレスが伝票を持ってきて、ミッチがたっぷりのチップを含めて高額な紙幣を渡した。二人の間の深刻な空気が吹き払われてローナはほっとした。軽くて安全な話題が底をつき、これからは何を話すにしろ、それは、彼女の心を傷つけるか希望をいたずらにかき立てずにはいなかっただろう。食事も終わり、勘定もすんだ。これでレストランを出れば今夜は終わる。

引き上げる支度をするかのように、ローナは椅子を心持ち後ろに引き、バッグに手をかけた。ミッチは目を動かして、その小さなシグナルに気づいたはずなのに、それに応《こた》えようとはしなかった。

「きみはどう？」彼女の上気した顔に鋭く目を当てたまま尋ねる。「子供はほしい？」ええ、と小さな声でローナは答えた。話題を変える何かいい手はないかしら？　家族や子供に関することをこれ以上きかれたくない。だが彼はふいにこの問題にこだわりだした。「きみは、仕事はフルタイムで続けて、子育てはパートタイムでやるといういまはやりの母親になりたい？　それとも、仕事はきっぱりやめて、家にいて子供を育てるという、古いタイプの母親になりたい？」

本気で尋ねている。だから本気の答えを求められているみたい。話の矛先を変えるタイミングものがしたし、質問に質問で答えるしかなかった。

「あなたは、奥さんには家にいて子供の世話をさせ、自分は夜明けから日暮れまで牧場を馬で駆けまわっているという古いタイプの牧場主になりたい？」

ぎらぎらと、探るように目をのぞき込まれたけれど、ローナはその視線に耐えた。

「きみは個人的なことを突っ込まれると落ち着かなくなるんだ」

決めつけるように言いながら、暗に答えを強要している。では、ご要望に応じましょう。

「私たちの置かれた状況を考えてみてちょうだい。お互い個人的なことをきいたり答えたりすべきではないのよ」彼の熱っぽいまなざしにますます引き込まれていき、声がささやきに近くなる。「お互いの接触を避けられさえすれば、あなたも私も、それ以上の詳しいことは知らなくていいの。だから、こういうデートの茶番劇もみんなの時間の無駄なのよ」

すべてを吐きだし、二人の間にまた一種の境界線を作ることができて、ほっとする。けれどかすかな吐き気も覚えた。二人の間は、私のハートが何をささやこうと、所詮《しょせん》は行きずり程度の関係なのだと。

「それに……」いっそのこともっとはっきり二人の間に一線を画そうとして、言葉を継ぐ。「……私、今夜は私の分は払うと言ったんだから、車に乗ったら夕食代の半分はお返ししますから」

「するときみは、亭主や奥さんや夫婦や子育てのことから話題を変えたいんだ」借りは返すと言った彼女の言葉を無視して言う。詰めていた息をローナは吐いたが、彼の次の言葉でまたはっとした。「なら、明日の予定を話そう」彼女が牧場行きに同意したかのようにきびきびと先を続ける。「八時にきみを迎えに行って、牧場まで車を走らせる。馬を二頭引きだして、小川のそばへピクニックに出かける。だが暑いから、一時には家に帰って、きみをあちこち案内し、ケンドラに二人一緒のところを見せておく。それから五時までにはサンアントニオに着くようにきみを送っていく。遅くとも六時までには帰りつくように」

ローナはうろたえて、早く引き上げたいという思いにいっそう駆られ、テーブルの上のハンドバッグを手探りして膝に落としてしまい、それをしっかり握りしめて、かぶりを振った。

「牧場には行けないわ」

「来なければ、今夜のきみと僕のことをケンドラは信じないよ」

「でも、行けない」

「なぜ?」

黒い瞳は、理由の見当はついている、と告げている。けれど厳しい顔は、彼女がそれをはっきり言うのを求めていた。

そうよ、彼に言ってやればいいのよ。憤りがこみ上げてくる。それはミッチへというよりドリスへの怒りだった。彼女は心持ち顎を突き上げ、目に表れているのが痛みより冷ややかさでありますようにと願った。

「ドリスには二度と会いたくないの。それにその思いがお互い様だということはどちらも知っているのだし」

「きみは明日はドリスに会わないよ」穏やかな口調だった。「彼女はきみが牧場に来るずっと前に出かけて、夜遅く帰ってくるのだから」

「私、ドリスについてはなるべく何も知らないほうが、こういうことすべてに……耐えやすいから」

「エラリー牧場は僕一人のものなんだよ」

「でも、彼女は現にそこで暮らしているわ。何年も彼女の住まいだったし……」

「ドリスがそこで暮らしていることは忘れるんだ。僕がそこで暮らしているんだよ。僕の家なんだ」

そんなことを言われてもなんの慰めにもならない。おまけに、そこを彼の家だと強調するその言い方は、その事実がきみにとっては大事なはずだとほのめかしているみたい。まるで、彼が個人的な理由から私をそこに連れていくようで、きみだって同じ思いだろう、と言っているよう。

でも、彼の牧場や家で何時間かを過ごせば、彼のことを思いだす種が増えるばかりだわ。

今度は、帰りたいというシグナルに気づいてもらうまでローナは待たずに、さっさと立ち上がって、相手が立つ間だけほんの一瞬ためらい、それからドアに向かった。彼が追いついて腰に腕をまわしてきた。

紳士なら、デートのときにそうするものだけれど、それは彼女の苦痛を深めるばかりだった。体がしっくり合いすぎるし、守られているという温かい感触を愛してしまうのだ。

ミッチに惹《ひ》かれる気持ちは、一刻一刻大きくなっていき、腰に腕をまわされると、体の中が熱く興奮してくるのだった。これまでは、性的な感情や衝動をほとんど持ったことがないのに、今夜はそれに溺《おぼ》れかけている。

彼の車に乗るとすぐに、ローリは小さな財布を出し、彼が運転手側の方へ車をまわっている間に、食事代の半分に当たる二枚の紙幣を、サンバイザーの上に挟んだ。彼は入ってきて車を出し、紙幣の端がのぞいているのに気づいたけれど、何も言わず、ほっとしたことに、突き返そうともしなかった。

無言のドライブにローナはなんとか耐えた。そして車がアパートの前の歩道に止まったとき、急いで今夜への礼を言い、彼がエンジンを切ったとたん、シートベルトの留め金に手をのばしていた。けれどドアを開ける前に手を取られてしまった。

「急いでいるんだね、ローナ」

「遅いから」ちらっと相手を見て、息を凝らして言うと、彼がかすかな笑みを浮かべた。

「こんなふうにきみは夜を終えたいの？」

そうきかれて、胸がどきっとし、鼓動が速くなった。けれどそれは、黒い瞳に熱っぽさの浮かぶのが見えたせいでもあった。まさか、この人、私にキスを？

声が恐怖と切望にかすれてくる。「あなたの言おうとしていることが、私の思っているとおりなら、お願い、やめて」

「明日は、乗馬の服装をしてくるんだよ。ブーツや帽子を持っていなければ、何か適当なのを見つけておいてあげるから」

ローナはほっともし、また腹も立った。それとない拒絶を受け入れてもらえたらしいと知ってほっとしたものの、牧場でのピクニックを容赦なく押しつけてくる彼の態度に改めて腹が立ってきたのだ。

「牧場に行くわけにはいかないわ」

「これは一種の合意事項だよ」大きな親指が彼女の手の甲をそっと撫《な》で、声は低く、驚くほどやさしかった。

「私をいじめないで」怒りよりもかすかな痛みのにじんだ声で言い返す。

彼の厳しい表情が緩んだ。「頼む、きみを明日、乗馬に連れていきたいんだ。川辺は涼しく、木陰になっている。そこでの食事もおいしいし、すてきな一日になる……」

「そして、その一刻一刻がすべてまやかしとうそなのよ」みなまで言わせずに口を挟んだが、思ったほどきつい声にはならなかった。

握っていた手に力が込められ、黒い瞳の中の熱っぽさがいっそう燃え上がり、さっと身をのりだしてくる。

「すべてではないよ」その言葉とほとんど同時に、稲妻の速さで唇が重ねられていた。

身を引いたり顔をそむけたりする暇もないうちに、唇がふわっと重なり、しっかりと合わさっていた。

そしてたちまち、彼女の全身に火が走り、体の隅々にまで甘美なゆらめきが広がっていった。

手がいつの間にか上がり、そげたような彼の頬に触れていた。それから、はっとし、正気がほんの少し戻ってきてローナは身を引いた。

キスは数秒も続かなかった。けれど全身が熱く燃え、数分も空気を奪われていたかのように息が上がる。体はひどく興奮し頭は混乱していた。

「お願いだ、ローナ・ディーン。明日、僕と牧場に来てくれないか」

蠱惑《こわく》的な声の響きや真剣な目の色に圧倒され、ローナは相手を見つめた。ローナ・ディーンという呼び方には人を惑わし、言いなりにさせてしまう力があって、断れないと思えてくる。

「いいわ」半分喉に詰まったような、ほとんどきこえないようなつぶやき。胸が、恐怖と興奮と自己嫌悪に震える。私はいつからこんな意気地なしになったのかしら？

彼女はいきなり車を飛びだして、アパートの表玄関に向かって駆け、ミッチがまだ歩道を半ばまでしか追いついてこないうちに中に入っていた。ガラス戸の外に視線をやると、彼が足を止めてこちらを一瞬見つめ、おやすみ、と言うように、ステットソンの鍔《つば》に手をかけるのが見えた。それから背を向けて車の方に立ち去っていく。それを見送るうちに目が涙にうるむのをローナは感じた。

大きな男性の動きが、立ち去るのをほんの心持ち渋っているかのように、いつもより少し遅く思えたのはきっと私の妄想のせい。車に乗る前に、その屋根越しに、ほんの鼓動数回の間、こちらを見つめたように思えたのも私の妄想。

けれど、赤い尾灯が深夜の車の流れに合流し、やがて遠くへ消え去っていくのを、ばかみたいにただ侘《わ》びしく見送っていたのは、だれの妄想でもない。


自分の部屋という避難所に入るとすぐに、ローナは服を脱ごうと寝室に飛んでいった。ミッチのキスで心も体もまだ興奮している。そそくさと服を脱ぎ、髪をほどき、容赦なくブラッシングする。そのどれもが、正常で日常的な感覚を取り戻すため。けれど、化粧を落とし、シャワーを浴びてみても、ひどく心を乱されたという思いは増すばかりだった。

キスのせいばかりではない。この二日間のすべてのせい。昨日、オフィスに入っていって、ミッチを見た瞬間から、胸はざわめきっぱなしなのだ。

この数年、暮らしを少しでもよくしようと懸命に働きながら、胸に抱いた理想にぴったりの、すてきな人をずっと待ちつづけていたかのよう。時が経《た》つにつれて、そんな自分の理想をすべて満たす人など、夢のまた夢と思えてきたけれど、ついにミッチが現れて、それに実体を与えてくれたのだった。

でも、きっと私の思い違いだわ。ミッチの中に見た特質は私の気の迷い。待ちくたびれてじれったくなった孤独な魂や、男性の魅力に胸ときめかせて惑わされ盲目になってしまった女心、それらが紡ぎだした、こうあってほしいと願うイリュージョン。

ローナはシャワーを出て、タオルでごしごし体を拭《ふ》き、軽いバスローブを着た。蒸気に曇った鏡には目を大きく見張った憑《つ》かれたような顔が映っていた。それで、くるっと背を向け彼女は寝室に入っていった。

ソーダ水を飲もうとキッチンに向かったとき、メラニーだとわかるノックの音がして、ローナはドアを開けに行った。

訪ねてきた訳を示すようにメラニーは折り畳んだ紙をかざして見せた。メラニーが一日中留守だったので、そのドアの下に今夜早く、メモを滑り込ませておいたのだ。メラニーは好奇心でわくわくしていた。

「ミッチ・エラリーとダンスに行ったの?」

「残念ながら、イエスよ」疲れたような微笑をローナは友人に向けた。「そしていま私には、分別を説いてくれる人が必要なの。それとも、頭をがんと叩《たた》きのめしてくれる人が」

「すると彼に惚《ほ》れてしまったのね?」

ローナが一歩引くと、メラニーが入ってきた。二人はソーダ水を冷蔵庫から出して、居間へ行った。

「メモには、あとで説明すると書いてあったので、気になってずっと待っていたのよ」二人はそれぞれの場所を選んで座り、メラニーが話をきこうと、身をのりだした。

ローナは、ドリスの望んだデートの茶番劇から、明日ミッチの牧場に行くと約束してしまったことまで一部始終を手早く話した。

メラニーはしばらく黙っていて、それから同情したようにローナをちらっと見た。「あなたの苦しそうな目の色からすると、ミッチのことを、女性にとってこの上なく刺激的な男性だと思ってしまったみたいね。そして、すっかり夢中になってしまった？」

ローナはソーダ水を脇《わき》に置いて頬杖《ほおづえ》を突いた。

「ただののぼせ上がりよ。一時的なものだわ。そんなにすぐに惚れてしまうなんて本物の恋のはずがないでしょう？」頬杖を外し、すがるように友人を見る。「一種の幻想で、長続きしないわね？」

メラニーは穏やかな微笑を浮かべた。「二人が知り合ってから、デートのお相手への気持ちを説明するのに、恋という言葉をあなたが口にしたのは初めてよ」

ローナはじっと座っていられないほどの不安と興奮に駆られ、いきなり立ち上がって歩きはじめた。

「関心をそそる男性にいつかは会うものよ」達観した響きを持たせようとしながら言う。「たぶん彼が、私の関心をそそった初めての男性だったからなんだわ」歩くのをやめて友人に向きなおる。「いえ、むしろ、恋のお相手としては禁断の木の実だからというだけかも」

その結論は真実の端っこをこすりもしなくて、ローナは密かにうろたえた。

「あなたが自滅型の人間ならね」メラニーはそう言って、禁断の木の実という理由が彼へのどうしようもないローナの感情とは無関係だと強調してみせた。「それに、彼はなぜ禁断の木の実なの？」

あまりにもわかりきったことをきかれて、ローナは驚いた。「まあ、よしてよ、メル。わかっているでしょ。ほら、ドリスとかケンドラのことがあるから」

「だって、二人とも彼とは義理の仲でしょ。ドリスはまだ若いわ。だれかと結婚して、よそに行ってしまうかもしれないし。ケンドラも結婚してサンアントニオで暮らすことになっているんでしょ。あなたのミッチ・エラリーはもうすぐ一人になるわ。それに彼みたいな男性が、デートや結婚の相手を選ぶのに、だれかのお許しを必要としたりするかしら？」にやっとして続ける。「のぞき穴から彼を拝ませてもらっただけだけど、それくらいはわかるわ」

　胸は希望にときめいてきたけれど、彼女はきっぱりと首を振った。「あの三人はすごく仲がいいの。それに、彼には家族がとても大事みたいだし。ドリスやケンドラと疎遠になったり、その仲を部外者に壊させたりはしないわ。三人はいつまでも親しくしていくわ」

　メラニーがふいに悲しい顔になった。「ごめん。どの家族も私の家族のように不実だとはかぎらないということをときどき忘れてしまうのよ」

　不実、というのはまだ控えめな表現だった。メラニーの離婚した母親が亡くなったとき、父親の新しい妻も子供たちも、彼女が自分たちの暮らしに入ってきたのを嫌がり、それで父親も親権を放棄してしまったのだった。ローナの場合は養父母の身内が彼女とは合法的姻戚《いんせき》関係がないということで、だれも彼女を引き取ろうとはしなかったのだ。

　メラニーはローナに、わかったわ、という顔を向けた。「そして彼の魅力の一つはそれなのよね。初めは義妹を守るためにあなたを追い払おうとやってきた。それから、あなたとケンドラの友情が終わるときケンドラが傷つかないように、義母に言われるまま、あなたとデートの茶番劇をした」メラニーは痛ましそうにほほえんだ。「だからあなたは、義理の母親や妹をそこまで守ってやろうとする人なら、自分自身の奥さんや子供たちにはどうだろうと考えたんでしょう？」

「そうかもね」ローナはいっそう落ち込み、激しい感情に胸がふさがれてしまった。「きっとそうよ」

メラニーはそれについて考えている顔をしていたが、それからうなずいた。「そうね、たぶんそれがすべてかもね。ミッチのような男性はあなたや私の泣き所なのよ。だから……彼が情熱的で、すごく男らしいってことはなんの関係もないはずよ……セクシーだということにも」

メラニーが、すました顔で最後の台詞《せりふ》を言う。ローナは思わず頬をほころばしてしまった。「でも、そうねえ、そういうのも関係なくはないかもね」

二人は噴きだし、物悲しい空気が少しは明るくなった。メラニーが言った。

「私、ドリスのことは知らないし、いらぬ差し出口であなたの希望をかき立てたくはないんだけど、このデート劇にはもしかして裏があるんじゃない？　彼女、何か企《たくら》んでいるのかも。何かすてきなことを」

束《つか》の間の明るさが消えた。メラニーの言ったことが真実であってほしいという藁《わら》にもすがる思いに気づいてローナはうろたえ、彼女から視線をそらした。

「いいえ、そんなはずはないわ。ドリスには隠れたもくろみなんてあるはずないわよ。少なくとも私によかれと思ってするようなことはね」

それにドリスにとっての〝何かすてきなこと〟は、私が存在しないことなんですもの。それはひがみというよりはむしろ、裏書きされた事実なのだった。

「ドリスはあなたのことが知りたいんじゃない？」

ローナはまたうろうろ歩きはじめた。ドリスが私のことをどう思っているか、いや、歯牙《しが》にもかけていないと、よくわかっているのに、友人の言葉に哀れなほど気がそそられてしまうのだ。ドリスが私のことを知りたがっているなんて、昔彼女がしたことからすればぜったいにあり得ないのに。それに、もし知りたければ調査員を雇えばいいのだし、現にミッチが腕のいい調査員をすでに雇っている。

「ドリスは私の人生には現れない高貴な人なの」どんなに無視しようとしてもかすかに瞬く希望の小さな火を消そうとふいに必死になり、口調が荒々しくなってしまった。「彼女は私となんの関係も持ちたくないのよ」

「では、そんな話を持ちだして、ごめんなさいね。ドリスが私の父のような人なら、考えてやる値打ちもないわ」

ローナは歩きまわるのをやめ、友人の肩にいたわるように手をかけた。私はドリスとは一面識もなかったのだ。メラニーは父親やその新しい家族としばらく暮らし、それから父親に捨てられたのだ。それは私が味わったのよりずっと大きい裏切りだ。

「世の中なんてどうしようもないのよ、メル。私たちがどんなにそうでなければと願っても」

メラニーは、そうね、とほほえもうとしたけれど、それはむしろしかめっ面に近かった。「すると、問題はまたミッチ・エラリーに逆戻りね」

「私が彼を好きになってもどうしようもないのよ、メル。なのに、ますます好きになっていくみたい」

メラニーがこちらを見た顔つきから、何を言おうとしているかきかない先からわかった。

「それなら、二度と近寄らないでおきなさいよ、ローナ。彼に電話して明日の件は断りなさい。そして朝早くうちを出て、どこか遠くで一日を過ごし、彼のことは考えないようにするのね」

ローナは友人から目をそむけた。ミッチに二度と会えないと思うと、別に驚きもしないけれど、ひどく辛《つら》かった。メラニーにデートの茶番劇を思いださせる前に、まるで彼女がそうしたかのように、メラニーが先を続けた。

「彼からケンドラに、にべもなくあっさりあなたに振られたと言わせればいいでしょ。そうすればあなたはもう何もしなくてすむわ。この方法でも、ケンドラがあなたに幻滅することに変わりはないんだから。こんなやり方、私だって嫌いだけど、あなたにはこれしか道がないんじゃない？」

ケンドラが自分に冷たくなるところを思い描いただけで胸がまたひりひり痛んでくる。人に悪く思われるのは昔から嫌いだったけれど、相手がたった一人の妹だとなるといっそう辛い。

いますぐ仕事を辞めて、ケンドラの人生から消えてしまおうかしら？　今日のようなミッチとの危険な夜のあとでは、たとえ経済的に苦しくなっても、ケンドラの好意や、禁断の木の実のような人に対してハートの大半を失うよりはずっとましだと思えてくるのだった。

メラニーが言うように、デートの茶番劇は筋書きが変えられるかもしれない。私が辞職願も出さずにいますぐか、辞職願を出してすぐに仕事を辞めれば、二人のロマンスは、彼のほうで私に関心をなくし、あっけなく終わったというふりを、ミッチはしてくれるだろう。どちらも恨みっこなしの、淡々とした別れということにしておけば、彼も私も悲嘆や傷心を装わなくてすむ。

次の何週間かはケンドラも結婚の準備にますます追われ、ほかに気をまわしている暇はなくなるだろう。私が彼女のフィアンセの所で働かなくなれば、彼女も私と関《かか》わるチャンスがなくなり、私のことはだんだんに忘れていくだろう。

もしすぐに仕事を辞めるなら、明日はミッチの牧場に行かなくてすむ。変更されたプランは、ミッチと一日を過ごさなくてもうまくいくし、牧場行きをキャンセルしたほうが、もっと効果的かもしれない。すぐにでもまた会わずにはいられないほど私のほうもミッチに惹かれたわけではないとケンドラも考えてくれるだろう。それが偽りだと知っているのは私だけでいい。

少しずつ安堵《あんど》の思いがわいてくる。本物の恋は、ミッチと過ごしたような短い時間に生まれるはずがない。彼に会わなくなれば、この奇妙な感情もやがて速やかな自然死を遂げ、二週間もすれば、一人の男性に私が過剰反応してしまったのは、その人にばかりげ無関係なことで情緒不安定になっていたからにすぎなかったのだと、この二日間を、愚かな時間として振り返られるだろう。

養父母を亡くし、里親の手に次々と渡されていくうちに、流れのままに生きる大切さを私は学んだのではなかったかしら？　新しい場所や新しい人になじむことも決して苦手ではない。

進んで仕事を辞め、ケンドラやミッチからはなれることは、私が自力で始め、私が管理できることだ。今度は自分の責任でことを起こせるのだ。そうすれば、唐突な運命や、政府の気まぐれな里親制度に押しつけられた悲しみよりは、心の傷は少なくてすむ。

ローナはそう安堵して、その気持ちが消えないうちに親友に自分の計画を打ち明け、メラニーが帰っていくとすぐに、番号案内で、エラリー牧場の代表の電話番号を調べた。

そして思い切って番号をプッシュし、はらはらしながらコール音を数えて待った。ミッチが車を走らせて牧場に帰りつくにはまだ早いけれど、夜遅い電話に家人がわずらわされないですむように、ある時間後は留守番電話になっているにちがいない。

録音された留守番電話の声でなく女性の声が電話に出て、ローナはぎょっとした。胸がとくんと飛び上がり、それが、受話器を取ったのはドリスにちがいないと告げた。

「はい？」

しゃべろうとローナはあがいた。その間に胸の悪くなるような数秒が過ぎた。

「もしもし？」

「こ、こんなに遅くお電話してすみませんが、ミスター・エラリーに伝言をお願いできないかと思いまして」自分のおどおどした震えにローナはうんざりした。何も言わずに電話を切ってしまえばよかった。

長い、長い沈黙が続いた。受話器を取り上げたのはやはりドリスだったのだ。洗練された声の物静かな響きを母親のものだとこちらも感じ取ったように、向こうも私の声だと気づいたらしい。

「どちら様ですか？」

高飛車なきき方に、震えている膝から力が抜け、ローナはソファーに腰を下ろし、落ち着きと自信を感じさせるようなきっぱりした声で答えようとした。

「ミズ・ファレルです。恐れ入りますが、ミスター・エラリーに、明日の朝サンアントニオに発《た》つ前にこちらにお電話くださるようお伝えくださいませんか？　朝はどんなに早くてもかまいません。明日の予定をキャンセルさせていただかなくてはなりませんので」

震え声で上気気味にせかせかとしゃべってしまい、ローナは悔しくて口元を拳《こぶし》で押さえた。動揺を見せまいとしてもこのざまなんだから。

沈黙がさっきより長く続き、その一刻一刻に身を切られる思いがする。それからやっと向こうの女性が口をきいた。その女性がドリスなのはもう疑う余地もなかった。

「キャンセルはなさらないでいただきたいですね」

ドリスの厳しい口調に、ローナはおいたをした子供のような気分にさせられてしまった。それとも戒められている子供のような。激しい怒りが古い悲しみからふつふつとこみ上げてきて、体が震えだし、声を冷静に保とうともう一度努めなくてはならなかった。「彼に伝言をお願いできますか？」また長い沈黙が続く。胸がどきどきし、ローナはもうこれ以上は耐えられなかった。「では、よろしく」穏やかな声でそれだけ言い、受話器を静かに置くのが、考えられる精いっぱいの礼儀だった。なんとか怒りを爆発させずにすんだ。相手を殴りつけてかっかさせてやりたいとどんなに思っているかに気づいてローナは驚いた。

ローナは打ちひしがれて寝室に引き上げた。自分が克服してきたと思っていたすべては自己欺瞞《ぎまん》にすぎなかったのだ。胸はいまでもひりひりと、涙が出そうなほど痛む。けれど、泣きはしない。ドリスのことで泣くのはもうずっと前にやめてしまったのだ。けれど、そのひりひりした痛みの焦点がミッチに移っていった。そしてローナはもう一度、自分が彼に感じているものはきっと一時の気の迷いだ、と思おうとした。そうしながら長い間暗闇《くらやみ》の中に横たわっていた。眠りがついに訪れたのは奇跡だった。

7

翌朝、ミッチからの電話はなかった。期待するほうが間違いだったのだ。ミッチは無理にも私を牧場に連れていこうとしていたし、ドリスも私の伝言を恐らく伝えようとはしなかっただろうし。

メラニーの言葉――〝ドリスはあなたのことが知りたいんじゃない?〟が繰り返し思いだされ、それが胸に堪《こた》えて、六時にはベッドを出てしまっていた。

そして、服を着替えはじめながらも、メラニーの言葉とまだ格闘していた。ドリスのことはもう何年も前に諦《あきら》めていたのに、わずかな希望が残っているかもしれないと思うだけでうろたえてしまうのだった。いまになってドリスが私のことを知りたいと思うわけがない。もしそう思うとしたら欠点や落ち度を捜しだしてそれを私への武器にするためだ。

一日中家を出てなさいというメラニーの勧めに従おうと、七時には決めていた。必要な品をビーズのバッグからいつもの鞄《かばん》に移し替えたときドアにノックの音がした。

きびきびした男らしい叩《たた》き方に、ミッチだとすぐにわかった。正面ロビーの外にあるコールボックスを使わずに、なんとかアパートに入り込んだらしい。

彼にまた会うと考えただけで不安が体を走る。そして興奮が。素早く、荒々しく、激しく。鼓動が狂ったようなリズムを打ちはじめる。ミッチと今日一日を一緒にはとても過ごせない。それでいてふいに、ミッチともう一日を過ごすことだけがただ一つの望みになってしまうのだった。

ああ、神様、私はなんておばかさんなんでしょう。話しかける権利すらないような人に夢中になってしまって。ミッチとまた会ったり一緒にいたりするチャンスに私は抗《あらが》えない。そうと知った衝撃に、また胸が激しく揺さぶられる。

震える手で鞄を玄関の小さなテーブルに置き、息を詰めてドアを見つめる。またノックの音がして、ローナはそれに背を向けた。

〝彼みたいな男性が、デートや結婚の相手を選ぶのに、だれかのお許しを必要としたりするかしら?〟

メラニーは彼を強い人だと思っているみたい。それが当たっているかどうかは別として、その人が中に入れてもらおうと待っているいま、メラニーの言葉を思いだすのはひどくまずかった。

それにメラニーのもう一つの言葉、〝それなら、二度と近寄らないでおきなさいよ〟というのを無理に思いだしてみても、彼女の切望を押しつぶしてはくれない。とりわけ今回は、一日中一緒にいられるのだから。牧場での長い一日も、彼と一緒というだけで、ほんの一瞬のように過ぎ去ってしまうのはいまからわかってはいるけれど。

ローナは息を殺し、悶々《もんもん》としながら手を握りしめ、過ぎていく一秒一秒を数えた。ドアの外の沈黙が心に重くのしかかってくる。あの人、諦めたのかしら？ 去っていくブーツの音をきこうと耳をすますけれど、いっこうにきこえない。

紙のこすれる静かな音に首だけまわして振り向くと、ドアの下から名刺の端が顔を出すのが見えた。

取り上げたいという衝動が待機の静寂の中で耐えがたくなってくる。でも、身じろぎ一つせずに我慢する。すっぽかされたらしいと思い、ここに来たことだけでも知らせておこうと、名刺を滑り込ませたのかもしれない。すぐにも帰っていくだろう。

けれど彼はもう一度ノックした。さっきよりゆっくりと穏やかに。私がドアのそばに立っているのを知っていて、まるでこれを最後と哀願するように、と愚かな想像をしてしまう。

〝もう、まったく〟という、彼女のかすかなつぶやきは自己嫌悪に厚く彩られていた。その小さな紙をせめて見るだけでもと、ドアに忍び寄った。けれどそこまで譲歩すると、途中でやめるのがいっそう難しくなる。名刺は、〈どう〉という大きな二文字が見えるほどしかのぞいていない。途方に暮れ、かがみ込んでドアの下から引きだし、体を起こしてあとを読んでみた。

〈どうか、お願い、ローナ・ディーン〉

こんな子供じみた頼み方ってひどい。ずっと前に頭から追いだしていた、古い懐かしい時代の感情がこみ上げてきて、養父母の甘い思い出をくすぐる。

〝ローナ・ディーン？ 僕のお嬢ちゃんはどこにいるんだ？〟

ローナ・ディーン。牧場での一日の仕事を終えて帰ってきた養父がいつも大声で呼びかけたすてきな愛称。汗ばみ、ご機嫌で、声を張り上げ、〝アーマリーン？　僕の奥さんはどこにいるんだ？〟と養父はまず叫ぶのだ。それから、すぐに続けて、〝ローナ・ディーン？　僕のお嬢ちゃんはどこだ？〟と。アーマリーンとローナ・ディーン。養母の名前はアーマだったけれど、ローナ・ディーンとばかげた二重押韻を踏むように、養父はリーンをつけて呼ぶのだった。寛大で、情愛に溢《あふ》れた養父や彼の素朴な詩情が鮮やかに思いだされ、激しく胸をつかれる。

彼女をローナ・ディーンと呼んだのは養父だけだった。そしてミッチに同じ名前で一度ならず呼ばれ、またいまそれを無造作に走り書きされ、ローナは心をひどく揺さぶられた。家庭の感触や恐ろしい喪失感、それに深い飢餓感がふいにこみ上げてきて、目がちくちくしてくる。

鼻柱をつまんで、思い出を押しやり、涙をこらえようとする。一瞬ためらってから、名刺を、玄関テーブルの小さく浅い引き出しに、貯蔵しなければならない盗品の宝物のように滑り込ませた。

もうこらえきれないと、ドアのノブに手をのばしたけれど、残った一かけらの正気が頭をもたげようとし、もう一度ためらう。とてつもなくすてきなこの最後の一日を拒むほど私は強くない、と受け入れたのはそのときだった。ミッチとの関係は悲しみに終わるにちがいないと感じてはいたけれど、それでもこのラストチャンスを捨てる気にはなれなかった。とりわけもう引き返すには手遅れのいまとなっては。諦めてローナはドアを開けた。

ミッチはドアの脇《わき》柱に無造作に肩をもたせかけていたが、いまは体を起こし、彼女の目の前にそびえるように立った。手にはすてきな花束を入れた美しいクリスタルグラスの花瓶を持っていた。一目で、ふつうの花屋さんでは売っていない特別な場合の高価な花束だとわかる。一つとして同じ花も同じ色もなく、多くの花の芳醇《ほうじゅん》な香りが、二人を濃密な甘美さに包み込むようだった。

黒い瞳の中の真剣な表情がローナの胸にじんときた。「だれかが入るときに一緒に入ってきたほうが面倒がなさそうだったから」

「そうではないでしょ」声が震えていた。「私がブザーに答えないと思ったんでしょ」

「だって、そうだっただろう?」花束を押しつけながら言う。

彼が目の前にいるだけでひどく嬉《うれ》しく、どぎまぎしながらローナは花束を受け取り、はにかんだつぶやきをもらした。「ありがとう。き、きれいだわ」

「入れてもらえるかな」

顔がかっと熱くなり、誘い入れるようにローナは無言で一歩引いた。「これをどこかに置かなくては」

それからくるりと振り向いて居間に駆け込んだが、ミッチがゆったりした足取りでついてくるのは痛いほど意識していた。そして、コーヒーテーブルの真ん中に花瓶を置くのを、黒い色のステットソンを椅子にぽいと投げてから見守っているのも。

一、二本の繊細な花の具合をなおしながら時間稼ぎをし、ローナはミッチの方を見るのを引きのばしていた。「早かったのね」ようやく彼女は言った。

「今日うちに来てくれるよう考えなおしてもらえたら、と思って」

「それがドリスの望みなのね」耳障りな声でローナは決めつけた。

「ドリスの望みに関係なく、僕は来たよ」

ローナはようやく彼に視線を向け、それが本当かどうかを読み取ろうと、その厳しい表情を探った。彼はとても大きくいかつい感じだった。広い肩とたくましい腕を際だたせているブルーの縞《しま》のシャツに、強靭《きょうじん》そうな長い脚の男らしい線にしっくりなじんだ着古されたジーンズ、それに、鈍い艶《つや》をみせている大きなブーツ。全体の感じがとても誠実そうな印象を与えている。ローナは、黒い瞳のきまじめな色をこれ以上受け止めていられなくなった。

これが、ケンドラのためのお芝居でなくもっと個人的な事柄みたいな、そんな言い方はよして、とローナは言いたかった。けれど、てんなことを口にすれば、自分がそういう台詞《せりふ》に弱いということを白状するようなものだった。

それに、昨夜からまだ二人は話をしていないので、このデート劇の筋書き変更のアイデアを彼に伝えなくてはならない。自分との戦いに私はもう負けているけれど。それでも、それがどんなにいいアイデアかを説明できれば彼もきっと気を変え、今日のことは取りやめにしてくれるだろう。そうすれば私も災難に向かって突き進まずにすむ。ローナは思いきってその話を切りだした。

「今日のことはキャンセルするのがいちばんだと思って電話したのよ。ここまでわざわざ車を飛ばす手間を省いてあげようと思ったのに」彼の厳しい口元の線が反対を唱えている。けれどローナは一気にあとを続けようとした。「私は牧場に興味がないと、あなたからケンドラに言えば……」

「僕と一日一緒にいる自信がきみはないんだ、そうだろう？」

にべもなく言われ、心臓がぴくんと飛び上がり、もっともらしい反論を彼女は探した。けれどそれを考えつかないうちにミッチが言葉を継いだ。

「八時間かひょっとしたら十時間かの間、僕に手を触れないでいる自信がきみはないんだ」自惚《うぬぼ》れたにやにや笑いは男性の傲慢《ごうまん》さの最たるものだった。

「だから、答えはノーだ。今日の約束はキャンセルしない。よほどのばかでなければそんなことはしない」

悔しさが顔に出て頬がばら色に染まる。否定する言葉を探そうとするけれど、胸が興奮で高鳴ってくる。この人は私をからかっている。いえ、僕に惹《ひ》かれる気持ちを隠そうとしている、と咎《とが》めているみたい。僕がそれを歓迎しているのは明らかなのにと。僕もひょっとしたらきみに対して同じ気持ちかもしれないのにと。

「今日私が牧場へ行って、どんなに簡単にあなたに手を触れないでいられるかを証明したら、あなたのその自惚れも少しはぺしゃんこになるかもね」

黒い瞳がきらりと光った。小生意気なしっぺ返しがかえって挑発を招いてしまったらしい。「ああ、いいとも、どうぞ、やってごらんよ。自惚れの鼻を折って、思い知らせてやるんだね、手遅れにならないうちに。そうとも、どうぞ、やってごらん」

自惚れたにやにや笑いがすっと消え、強烈な男臭さの一閃《いっせん》が狙《ねら》い定めた矢となって彼女の体を貫いた。雷鳴の前の重苦しい静寂のように、緊張がぴりぴりと空気にみなぎり、二人の惹かれ合う気持ちはもう間違いようがなかった。そしてそれがふいに、二人の手に負えないほど強烈なものに思えてきたのだった。

彼の瞳にいらだちが見え、キャンセルは受けつけないとさっき言ったけれど、この人は本当は私のほうから折れるのを待っているのだとローナは気づいた。そしてそれに心をそそられ、勇気づけられもしたのだった。

「牧場向きの服に着替えなくては」

彼の口元にちらっと微笑が浮かんだ。「ブーツや帽子を持っていないなら……」

「大丈夫、持っているわ」

「よかった」

ローナは寝室に入り静かにドアを閉めてそれにもたれ、息を整えようとした。これは間違っている。とっても、とっても間違っている。これは、ばかげた、無謀な、自滅行為だわ。

そして興奮のあまり駆けるようにしてクロゼットに行き、服を着替えはじめたのだった。

驚いたことに、牧場にはミッチの小型セスナ機で行くことになった。「途中であまり時間を食わないようにね」セスナ機が飛び立つ小さな空港に向かいながら彼が言う。

空からエラリー牧場を眺めるのは胸のどきどきするような経験だった。ミッチは、境界標識や境界線を示したあと、牧場の事務所から東二キロ近くの滑走路と格納庫のある地点に向かうよう機体を傾けた。

母屋は、空からより地上から眺めるほうがいっそうすばらしかった。屋根裏部屋のついた二階建てのビクトリア朝様式で、四方八方に広がり、それをベランダがぐるりと取り囲んでいる。裏には広々としたパティオがあり、宝石のような煌《きら》めきを見せるプールには鬱蒼《うつそう》とした木々が影を落としている。

屋敷の中まで見てまわる必要はなかったけれど、ローナが如才なく断ろうとするのをミッチはきき入れようとしなかった。そして最後に案内した一階の大きな書斎兼彼のオフィスでは、家政婦が用意してあった盆からアイスティーのグラスを取るように勧め、彼女がそれに従うと、ファックスのトレーに山積みになった書類に目を通しだした。

電話が鳴り、ローナは彼の邪魔をしないように、紅茶を持って、裏のベランダとパティオに面したガラスのスライディングドアから外に出た。

日陰を見つけて腰を下ろし、サイドテーブルに紅茶を置いたとたんに、パティオの裏手の方から、子犬の軽い足音がきこえてきた。

ミッチは受話器を置いて、ファックスからメッセージがさらに吐きだされてくるのを見守り、胃の辺りりに重苦しさを感じながら、それを取り上げて読みはじめた。調査員がローナについてさらに情報を送ってきたのだった。読み進むうちに、胃の重苦しさが胸に上がってきて、ひりひりした痛みに変わった。

外から笑い声がしてそちらを見ると、犬小屋から出てきた中型牧羊犬《ケルピー》の子犬たちがローナにすっかり夢中になり、その一匹一匹に関心を向けようとする彼女の足元でじゃれまわっていた。

やがて彼女が敷石に腰を下ろすと、興奮した子犬たちが群がり寄り、静かにさせようとしてもぜんぜん効き目はなく、跳ねたり、彼女をなめたり、きゃんきゃん鳴いたりしている。

子犬を相手に子供っぽくはしゃいでいる彼女からは日頃《ごろ》のよそよそしさはすっかり消えていた。目に絶えずあるように思える悲しみの色もいまはなく、嬉しそうに笑い、顔をなめられないようにしながら四匹の子犬を全部、腕の中に押さえ込もうとしている。やっと成功したかに見えたけれど、子犬たちは体をくねらせて一瞬もじっとしていない。

彼女はなんとか立ち上がり、ばか騒ぎをよそに座っていられるベンチに向かった。子犬たちが体をのたうたせて行く手を阻もうとする。それをようやく切り抜ける様子を彼は見守りながら、頭の中で渦巻く苛酷《かこく》な報告書の衝撃と戦おうと努めていた。

ファレル家もディーン家もローナをどちらの家族の血縁者ともみなしていなかった。そしてそのショッキングな事実が、ロバート・ファレルとアーマ夫妻のとつぜんの死であからさまになったのだ。両家とも兄弟姉妹は大勢いたので、だれかが彼女を引き受けて育ててもよさそうなものだったが、実際はだれ一人そうはしなかった。

血の繋《つな》がりがなかったので、だれも責任を感じなかったわけで、調査員によると、彼女が問題児だったせいではないらしい。それに仮にそうだとしても、八歳の子供がどれほどの問題を起こせるだろう？

胸の熱い重苦しさは、怒りに変わり、彼はデスクの引き出しをぐいと開けて、受け取ったファックスを突っ込み、鍵《かぎ》をかけた。

どれほど非情なら、悲しみに打ちひしがれた孤児を追い払い、その子の暮らしを政府の里親制度に何年も預けてしまえるのだろう？

調査員はさらに調べようとしているが、これ以上知る必要があるだろうか？　ローナが脅迫者になるような人間でないとわかるだけの情報は得た。ファレル家やディーン家のことを彼が探りだしたと勘づけばローナはプライドを傷つけられるだろう。それは本能的にわかる。だから怒りは悟られる前に抑えておいたほうがいい。それでなくても、今日この先何が起こるかわからなくてローナは彼に警戒心を抱いている。それに敏感だから、何かがあればすぐに察してしまうだろう。

驚いたことにローナは子犬たちをおとなしくさせてしまい、その足元に、まるで彼女を崇《あが》めるかのように群がっている彼らにわけへだてなく関心を注いでやっている。彼女は子犬たちにはとてもやさしく寛大で、そのいたずらにも嫌がらずに根気よく相手になってやった。それは、いつものよそよそしさや用心深さ、彼に惹かれながら二人の間に頑《かたく》なに距離を置こうとする態度とはあまりにも違う。なぜそういう態度をとるのかわかったいまは、その違いがいっそう深い意味を持ってくるのだった。

彼女は恨みがましくなったり、世間に貸しがあると考えて強欲になったり、ひがみっぽくなったりしても当然なのに、そうはならずに、自立した暮らしをしようと懸命に働いている。彼女のすてきなアパートや、その手入れのよさを、きれい好きでハイセンスな女性の好ましい態度とは取らずにもっと卑しい理由をほんの一瞬でも考えた自分がいまは恥ずかしい。もし彼女が何かをもっと求めたとしても、それはきっと物質的なものではないだろう。

　里親から里親へ転々とさせられたとは思えない上品さをローナは身につけている。騒々しい子犬たちの攻撃を受けてもレディーらしさを失わない。ただ、彼に向けるよそよそしさや、ドリスと面と向かい合うのを避ける気持ち、黙っているときに感じさせられるそこはかとない哀愁だけが、彼女が見捨てられ拒絶されたことのある痕跡《こんせき》だった。

　それにしても、彼女が五年前レストランに現れたときのドリスの反応、あれはどういうことなのだろう？　あのとき彼女のあとを追っていき、これ以上ドリスに近づかないようにと脅し、彼女の傷をいっそう深めたことを彼もいまはやましく思っている。今回、賄賂《わいろ》で買収しようとしたり、強請《ゆすり》で告訴するとでっち上げじみた脅しをしたことはもっと後悔している。そしていままた、ドリスの望んだこのデートの茶番劇。

　すべてがドリスの希望どおりにいったら、ローナが負け犬になるのは初めからわかっていた。初めはそれで気が咎めていた。けれどいまはこの計画がドリスの望んだとおりになるかどうか怪しくなってきていた。とりわけ昨夜以来は。

　ローナがスライディングドアの方に振り向き、彼の方をのぞき込もうと両手を目の上にかざしている。ケンドラの同じ仕草を数えきれないほど目にしたと思い、彼は新たな痛みを感じた。いま見ているのが、ドリス・エラリーの実の娘でないなら、ケンドラもまたそうでないことになるだろう。

　子犬たちがきゃんきゃん鳴いて彼女の関心を取り戻そうとしたが、ローナはそれぞれを軽く叩いてやりながら立ち上がり、紅茶を持って、ドアの方へやってきた。彼はドアを開けに行った。

　子犬たちに動くなと穏やかに命令して、ローナが書斎に体を滑り込ませる時間を稼ぎ、ブーツで彼女の通る隙間《すきま》だけを開けておき、彼女が入るとすぐにドアを閉めた。

「馬に乗りに行く前に、手を洗わなくては」子犬とじゃれ合ったあとの上気した顔でローナは言った。子犬が二匹ばかり哀れっぽい声で鳴き、ローナは、身をくねらせている子犬たちに目を向けた。

そして我慢しきれないように手を差しだした。子犬たちは彼女に近づこうと先を争ってガラスドアに体をぶつけ、一匹がひどくぶつかって、きゃんと甲高く鳴いた。

「まあ、かわいそうに！」ローナはいったんぱっと後ずさり、それからその子犬を助けようとするかのように、ドアの方にまた手を差しだした。

彼はくすくす笑ってしまった。「大丈夫だよ、ローナ。連中はきみが好きなだけなんだよ。僕たちについてきたがるといけないから、だれかに向こうに連れていかせよう」

「私が火をつけてしまったのね？」体を起こしながら言う。

「きみが思っている以上にね」

青い、ひどく青い瞳がぱっと彼の目を見上げた。瞳が絡み、彼はじかに触れられたような気がした。それからたちまち、子犬と戯れていたほんのしばらくの間消えていた彼女のよそよそしさが戻ってくるのが見えた。

「手を洗ってくるわ」

「それが終わったら馬小屋に行ってみよう」たったいま目にした快活さの余韻すら、いつものよそよそしさと用心深さにかき消されるのを見守りながら彼は言った。

そして、キッチンで彼女を待とうと、バスルームに行くローナのあとについて廊下に出た。

お昼近くになって暑くなってきていたが、ローナは乗馬を楽しんだ。ミッチが選んでくれた栗《くり》色の雌馬はよく訓練されていて、大きな馬なのに、乗り心地の違和感はすぐに消えた。彼女は八歳までと、そのあとある里親の所で牧場暮らしをしたが、大人の馬となるとまだかなりの初心者だった。養父にもらったポニーも、里親の所にいた競走馬たちも、レース用のミッチのクォーターホースとは気質も大きさもずいぶん違っていた。けれどミッチは、姿勢について二、三、注意し、気をつけるようにと言っただけだった。批判がましいことを言われないのにローナは感謝した。

彼は完璧《かんぺき》なホスト役で、一緒にいて快適だった。そして自分の牧場を誇りに思っているようだった。エラリー家の人たちは代々この牧場で暮らし、これからもここで暮らしつづけるのだ。それがローナには羨《うらや》ましかった。たいていの人は私のようでなく彼のように育っていくものなのだ。そしてローナは改めて、いずれは私も自分にふさわしい場所を見つけ、自分自身の家族を持とうと思うのだった。

けれどその一方で、どれほど無視しようとしても、微妙に性的なものが、深まりゆく流れのように二人の間に自然に流れてしまうのだった。ミッチがこちらに向ける目にいつもそれが見え、二人が交わす言葉の端々にそれが感じられた。そして、偶然軽く触れ合うたびに、彼女の中で切望が高まるのだった。

まだ一日の大半が残っている。彼の熱いまなざしやお互いのすてきな触れ合いが、それ以上のものになってほしいとどんなに望んでも、そうなってはいけないのだと、彼女は片時も警戒心を緩めないようにしていた。

でも、ミッチの瞳に無言の熱っぽさが輝き、二人の間の緊張が刻々と高まっていき、超然としているのがとても難しくなってくる。彼と一線を画しておかなくては、このデートの茶番劇が終わったとき私はいっそう惨めな思いをするだろう、とローナは自分に何度も何度も思いださせなくてはならなかった。

木立に囲まれた川のそばに二人はようやく馬を止めた。歩いて渡れるほどの浅い川で、砂地の狭い土手が続いている。木陰にピクニック用のテーブルがあり、鮮やかな赤のクーラーボックスが真ん中に置かれていた。

ミッチは軽々と馬を下りた。けれどローナの脚はこわばっていて鞍《くら》の後ろにまわそうとするのになかなかうまくいかない。ミッチが途中で止めた。

「ちょっと、待った」彼女に近づきながら、ぶっきらぼうに言う。「反対側にまわしてごらん」

ローナは鞍にきちんと座りなおして彼を見下ろした。「反対側って?」

「脚を前に振り上げて鞍頭の上を越えさせるんだ」

ローナは右脚を、鞍の前、馬の首の方に不器用ながらなんとか持っていくことができたが、両脚が片側に揃《そろ》ったとき、左のブーツが鐙《あぶみ》に引っかかってしまった。ミッチが簡単に外してくれたものの、足をのせる鐙がなくなり、体がいきなりずるずると滑り落ちはじめた。

ゆっくりと安全に下りられるように、ミッチが腰をつかまえてくれた。もちろん、彼女の両手はミッチのがっしりした肩に、体は胸から下が彼の体を軽くこすっていくという羽目にはなったけれど。

ひどく官能的なその触れ合いに、溶岩のように熱いものがローナの身内を焼いた。ブーツが地面に触れたとたん、肩にかけた手をはなしたが、膝ががくっときて、驚いて、相手の腕にしがみついた。それでも、彼が腰を抱いていてくれなかったら、その足元にくずおれていたところだった。

ミッチがおかしそうに笑った。「僕には触れないはずではなかったのかい?」

ローナはぱっと顔を上げた。黒い瞳が意地悪くきらっと光るのが見えた。「どこかのカウボーイにはめられたみたいよ」ローナは言い返し、息が上がっているのにうろたえてしまった。

「どこかの新米さんが、馬に乗れば町のお嬢さんの脚がどうなるか忘れていたのがいけないのさ」指先や手のひらに触れてくる筋肉のたくましさに、彼の強さがいっそう意識され、彼女の体内の溶岩のように熱いものが、いまにもたぎりだしそうになってくる。

「そんなに長く乗ってないわ」

「そうでもないさ。脚に感覚が戻ってきたら、少し歩きまわると力も戻ってくるよ」

脚から力が抜けたのは乗馬だけでなくもっと強烈な何かのせいなのかもしれないとローナは気づいた。二人はまだ胸から膝まで軽く触れ合っている。ミッチの腕のたくましさやその体から伝わってくる信じられないほどの熱気に、ローナはますます力が抜けていくのを感じた。馬の脇腹に背中が押しつけられているので、二人の間にあまり隙間を作れない。これ以上こんなことが続くと、体が溶けた液体となって地面の上に溜《た》まってしまうだろう。

できるだけスペースを空けておこうと、相手のかたい胸板に両手を当て、さりげなさそうに、ローナは目をそらした。そして、もう大丈夫だから、とそっとつぶやき、息を殺して解放されるのを待った。

幸い彼はそうしてくれた。そして、彼女の馬の手綱に手をのばした。ローナが、少し歩きまわろうと、足を引きずりながら邪魔にならない所に出て見ていると、彼は手綱を鞍頭の突起部分にくりつけて馬を二、三歩歩かせ、驚いたことにその尻をぴしゃっと叩いた。馬は早足で駆けだし、向こうの開けた土地へと木立を抜けていった。

「ちょっと……」ショックのあまり叫んだ言葉を口

ーナはのみ込み、彼が自分の乗ってきた栗色の馬にも手をのばし、同じことをするのを見守った。「何をするの？」

馬は全速力で駆け去り、彼がこちらを見た。口元をおかしそうに歪《ゆが》めている。

「目を大皿みたいにむかないで、ローナ・ディーン。右手の木立の中を見てごらん」

目をはなすと彼がまた何をするかわからない。それで、ローナは言われた方にちらっと視線を向け、かいま見えたものが何かに気づいて、もう一度見なおした。黒い小型トラックが木陰にとめてあった。二本ばかりの木の幹で視界が遮られ、その辺りの木陰が暗かったせいもあって、よく見えていなかったのだ。

「きみのその脚では一日分の乗馬としてはもう十分だろう。帰りはあのトラックにしよう。うちからわずか二キロあまり西に来ただけだから」

「馬は？」

「まっすぐ馬小屋に戻るさ。厩舎《きゅうしゃ》係のだれかがあとはちゃんとやってくれるよ」

オーバーに反応してしまったのが少し気恥ずかしくて彼の方を見ると、小生意気なにやにや笑いを浮かべていた。

「僕が何かよからぬことを企《たくら》んでいると思った？」

ローナはひどくきまりが悪く、汗ばんだ手のひらをジーンズでこすった。「たぶん。ごめんなさい」

彼がおかしそうに笑って、ピクニック用のテーブルに向かった。「謝ることないよ」振り向かずに叫び返す。「実はそのとおりだったんだ」

その意味がわかるまでまるまる一秒かかり、おかげでいっそうパンチが効いて、ローナは思わず、うふっと笑い声をもらしていた。幸いその声がきこえるほど彼は近くにはいなかったけれど。

小川のそばの熱い日差しに体が火照ってきて、ローナは、木立の深い木陰へと、足を引きずりながらミッチのあとを追っていった。いままでにないほどの気分の高ぶりを感じながら。

8

テーブルまで歩いていくうちに、脚に力が戻ってきて、こわばりも減ってきた。木陰に入ってローナはステットソンを脱ぎ、ミッチがテーブルから移したベンチの上のクーラーボックスの横にのせた。ミッチは赤い格子縞《じま》の厚ぼったいテーブルクロスを風雨にさらされた木のテーブルに広げていた。

「クーラーボックスの向こうのナプキンの束の中にドライハンドソープが入っているよ。よかったらソーダ水をどうぞ」

ローナはその薬用石鹸《せっけん》を使い、ソーダ水を選んで、栓を抜き、冷たいのをぐっと飲んだ。彼女が渇きを癒《いや》すのを待ってミッチが言った。

「おなか、空《す》いた？」

「死にそうに」

二人はクーラーボックスの中身を調べて、幾つかの小さな容器入りの中から好きなのを選んだ。厚い肉を挟んだ三種類の三角サンドといろんなサラダがあった。デザートはうちに帰ってからにするから、食事の分だけ取りだして、あとはクーラーボックスに残しておけばいいとミッチが言った。

そして、地面にテーブルクロスを広げたときのように、テーブルに座ろうと言いだした。少し高くなって、食事をしながら小川が眺められ、ローナもその案は大歓迎だった。

「いままでのところは楽しかった、だろう？」しばらく黙々と食事をしたあと、ミッチが尋ねた。

小川の流れる間断ない音や、その流れの速さ、まわりでさえずる小鳥の声も楽しく、食事もおいしい。ミッチももうセクシーなことをほのめかさないし、ローナはガードを緩めた。そして、辺りの平和な雰囲気に気分も和み、だんだんとリラックスしてきた。

「ええ、とっても」束《つか》の間考え、言葉を継ぐ。「養父が牧場を持っていたの。ここほどは大きくなかったはずだけど、テキサス一広いと私は思っていた。その匂《にお》いや音、家畜小屋、小川や牛や馬たち、それにその広さ、そんなのをすっかり忘れていたわ」にっこりすると、久しぶりに穏やかで満ち足りた気持ちになった。「ここはとても静かで、のどかね。そういうのも忘れていたわ」

「牧場の暮らしが好きだったんだ」ミッチは食事を終え、空になった皿を、テーブルの向こうのベンチのクーラーボックスの上に置いた。

「ええ、大好きだったわ。あまり役に立てるほど大きくはなかったけど、外で駆けまわっているのが好きだった」思い出に浸って感傷的になり、彼へよそよそしくしなければならないのもつい忘れてしまう。

「ペパーという黒いポニーと、フラッシュという黄色の雑種の犬がいたのよ。私たちは、していいことやいけないことをいっぱい見つけたわ」

見ると、ミッチの目に関心の色が浮かんでいて、ローナはたちまち気恥ずかしくなり、目をそらした。めったにだれにも話したことのない子供のころのことを彼に話してしまった。そんなことをしてはいけなかったのに。彼に対しては。

牧場に来たせいでいろんなことが思いだされ、何年も許したことがないほどそれが胸に鮮明によみがえったのだった。そして一度心のたがが緩んでしまうと、養父母が健在だった子供時代の、とりわけ幸せだった時期にまつわる甘く切ない感傷へと、気持ちが負けていきはじめるのだった。

あの当時、暮らしは牧歌的な幸せに満ちていた。何年もの間にその思い出はぼやけてしまっていたけれど、今日は牧場に来たせいで、それが驚くほど詳細に思いだされ、感動して、その話をするのがとても自然に感じられたのだった。母屋を見てまわり、子犬たちと遊び、小川まで乗馬を楽しんで以来、特にペパーとフラッシュのことが思いだされて仕方なかった。

「ペパーとフラッシュ？」笑いを含んだ声だった。「性格からそんな名前を？」

自分がこの話を持ちだしたのだ。いまさらそんな簡単な質問に返事を渋るのもおかしい。それで、ローナは用心深く始めた。「ネーミングは父が手伝ってくれたんだけど、そう、父は、動物にはその性格にちなんだ名前をつけるのがいいと信じていたの。父は動物に思いやりがあった。とりわけ、小さな動物とか、怪我《けが》をしたり病気になったりした動物には」

「お母さんはどんな人だったの？」

父の話をして、母の話をしないわけにはいかない。

けれど、なるべく手短にしておくことにした。

「母は、礼儀正しく物静かな、非の打ち所のないレディーだった。父は大きくて陽気で、笑うことが好きだった。だから二人は正反対に近かったんだけど、とても深く愛し合っていたわ」そして私への愛情も深かった。ローナはしばらく口をつぐんだ。ミッチにごんなにおしゃべりをしてしまい、おまけに、隠せないほどの感情の高ぶりにふいに襲われ、茫然《ぼうぜん》としてしまったのだ。「あなたのご両親は？」気分を変えようと、彼女は震える声できき、空いた皿をミッチのと並べて後ろのクーラーボックスの上に置いた。「よかったら話してくださらない？」彼の方は見ずに言う。

「父はめったに笑顔を見せない厳しい人で、彼がおもしろがるのは、何か皮肉なことに決まっていた。僕の母と結婚したときはもう四十に近かった。母は美しく繊細で、僕が小学校に上がるころに亡くなったんだが、父はひどく堪《こた》えたらしく、それから長く再婚しなかった」

ミッチが口をつぐんだ。ドリスの名前を持ちだすのを避けたのだろう。けれど、次の質問はドリスの名前よりいっそう彼女を気詰まりな思いにさせた。

「お父さんは亡くなられたとき、まだ牧場を？」

彼も牧場主なので、そのことに興味があるだろうし、そう尋ねるのも無理はなかった。今度もローナは慎重に答えなくてはならなかった。

「ええ。でも、牧場は借金のかたにどっぷり浸《つ》かっていて、売り払うしかなかったの」

それでこの話は終わってもいいはずなのに、ちらっと見るとミッチの目が興味深そうな色を浮かべている。がっかりしてローナは視線をそらした。

養父がそんなに借金をしていたなんてとても信じられなかったが、当時彼女は八つだったので、そういう話はきかされていなかったのかもしれない。

養父の兄たちの一人が遺言執行人で、彼女のことも含め、その人にすべてが任された。その人が、彼女を自分でも引き取ろうとせず、父方や母方の大家族のだれかにも引き取るように説得せずに、養父母の死後数週間で里子に出してしまったので、牧場について何か後ろ暗いことがあるのではないかと、その伯父を彼女はいつも疑っていた。とりわけ、その伯父があとになって牧場を買い取ったので。

でも、いまとなっては、その問題を追及するのは、たとえそれだけの資金があるとしても、もう手遅れだった。当時、ミッチ・エラリーのような人がいたら、彼女のために何かをしてくれたかもしれなかったけれど。ミッチに惹《ひ》かれる大きな理由はそれだった。彼のような人なら子供にあんな信じられないような損失をみすみすこうむらせはしなかっただろう。

牧場についてこれ以上はもうきかれたくなかった。きかれれば、答えを渋るしかないけれど、そうすれば彼は好奇心をかき立てられて私の過去をもっと調べる気になり、いずれは、あのショッキングな時期にドリスがどう関《かか》わっていたかに直接結びつくような情報に出くわすだろう。ドリスにとってはそれは長く引きのばしにしてきた報いかもしれないけれど、そのあおりをケンドラが受けるのは不当だ。

二人の間の緊張した沈黙にだんだん胸苦しくなり、ローナは髪をアップにしている大きなヘアクリップに手をやってさりげなく尋ねた。「ケンドラは、私がここへ来たことがわかるくらいの時間には帰ってくるんでしょうね？」

ここに来た本当の理由を思いださせ、話を切り替えたほうが無難だった。

「うまく逃げたね。だが、昨夜ダンスフロアで僕がきみを抱き寄せたとき、今日のことはもうドリスやケンドラとは関係なくなった、だろう？」

驚いてローナはぱっと彼の目を見た。ミッチは、彼女がそれと気づく前にもう長いテーブルの彼女の後ろに片肘を突いて横になっていた。彼女は体をねじって、警戒した目を相手に向けたまま、いざとなったら逃げだす準備のように、テーブルの端にそっと寄っていった。

ミッチはその動きをじっと見守りながら、帽子を脱いで、彼女の足元のベンチに落とし、大きな拳《こぶし》で頭を支え、すっかりくつろいでしまった。刻々と高まる緊張が、官能的な危機を孕《はら》んだ川のように、二人の間に流れた。

「昨夜から僕に考えられるのは」物憂げな声で彼が続けた。「どうすればきみにまたあれほど近づけるかということだけだった」

ローナはどきっとして、動悸《どうき》が激しくなった。彼の男らしさが伝わってきて、血が熱くなり、下の方で溜《た》まっていく。過去についてはもうきかれないだろう。彼の関心は私自身にとってもっと危険なことに移ってしまったのだ。

私はこの人から目がはなせないみたい。催眠術にかかったようで、それから抜けだす意志の力が急速に失われていく。これは一種の性的対決だわ。そしてその抑制力では彼のほうが私より勝っている。ローナは用心深くテーブルから下りようとした。けれど腕をつかまれ引き寄せられてしまった。

こんなことはやめさせなくては。彼には私をもてあそぶ権利はない。どれほど私がそれで傷つくかしれないときに。「あなたは、こういう状況と動物的欲望を切りはなせるらしいけど、私はそうはいかないの」

「わかった、ローナ・ディーン。きみは、〝あなたはさかりのついた雄にすぎない〟というすてきな演説をしたくてうずうずしているらしい。さあ、やってごらんよ。その演説が終わったら僕はその賛辞に脱帽させてもらうよ」

いらだちで顔が真っ赤になり、彼への怒りがふいにこみ上げてくる。取られた手を振りはなそうとすると、簡単にはなしてくれた。

「いったいあなたはどうしてしまったの？　そういう意味深長な言葉やいちゃつきを私が嫌がっているのがどうしてわからないの？」

「きみこそ、そういう言葉やいちゃつきには目的があることをなぜわかろうとしないんだ？」穏やかな口調にローナはいらだちをいっそうかき立てられた。

「ああ、やめて」めずらしくあざけりの口調で叫んでしまった。「どんな目的があるというの？　あなたのベッドにまた一人女性を誘い込もうと必死になってでもいるわけ？」

彼はかすかにほほえんだが、目は真剣だった。

「きみが考えているほど僕は女性の数は多くないよ。ホルモン過多のそこらの坊やと一緒にしないでくれないか」

ローナはいまは震えていた。けれど、彼の欲望よりむしろ自分のそれを私は押し殺そうとしているのだ、とふいに気づいた。自分が自分自身の分別の裏切り者のように感じられてくる。「では、そんなふりはしなければいいでしょ」いまはもう、半分自《や》棄《け》気味になっていた。「ケンドラには、ここにいる私たちは見えないのだから、そんなことを言ったり、したりするいわれはないのだし。それとも時間つぶしに安っぽいスリルでも求めてるわけ？　でも私はそのお相手はごめんだわ」

彼のかすかなほほえみがゆっくり消えた。「きみは必死で抵抗しているんだろう？」微笑の影が戻ってくる。「こんな賛辞を受けたのは初めてだよ。だがきみは観念して僕にキスをすべきだよ。そしたらすべては終わるんだ」

とてつもない、そして気をそそる誘い。口が渇いてきて、怒りがふいに腰砕けになり、声が喉に絡んでしまった。

「これがどんなに私には高くつくかわかっているはずよ。わかっているとあなた自身が言ったんだから」

やさしさが彼の目に宿った。「すべてに勝る愛の力をきみはあまり信頼してないんだろう？」

ローナは茫然としてしまった。こんな短い間に彼はどうしてそんなショッキングな結論を引きだせたのかしら？　調査員は何を見つけたのだろう？　ひょっとしたら私は心外なほど内心を隠すのがへたなのかも。いずれにしろ、彼がいま愛について言ったことは漠然としたほのめかしではなく、とてもはっきりしていた。それは、私のような女性には危険なことだわ。そういう希望を抱く資格は私にはない。もうこんなことはおしまいにしなくては。

「私たちがいま話しているのは愛とは無関係よ」低い声で吐き捨てるように言う。「そのことはご自分でもよくわかっているくせに」

「いや、もう少し先までこの道を進んでみないとわからないね、そうだろう？」

するとは彼が本当に求めているのはセックスのテストドライブなのね？　そんなの愛とは無関係じゃないの？　男性にそういう誘いをかけられるのは初めてではないけれど、そういう誘いに自分が弱いと感じたのは初めてだった。彼にも、そして自分にもいらだち、怒りがとてつもなく大きくなっていく。

「そんな陳腐な口説き文句はききたくもないわ」

「へえ、なら僕は、意味深長な言葉から、陳腐な口説き文句に昇格したんだ」声が低くなり、ゆっくりと語尾を引きのばす。目にみだらな茶目っ気がちらっと光った。「では、キスをしてごらんよ」

なんと横柄な。もう我慢の限界だわ。私だけがどうして手に入らないものを求めて苦しまなくてはならないの？　彼にとってもこれがもう少し高くつけば、そんなに尊大にはしていられないはずよ。

それに、〝さかりのついた雄〟というタイトルを彼は進んで受けようとしているのだから、彼の卑しい性欲をかき立てるだけかき立てておいて、満たされないうずきを抱いて帰らせてやるのは当然すぎるほど当然の報いってものだわ。

危険に気づくにはローナはあまりにも腹を立てており、それに未熟すぎた。そしてあまりにも興奮していたので、自分の過剰反応は、体内に高まる強烈でみだらな期待のせいだとは気づかなかった。それで、考えられないようなことをしてしまった。

脚のこわばりもほとんど忘れて立ち上がり、テーブルを横切っていって、唇にまともにキスをしたのだ。そして、そうしながら仰向けにさせ、奔放で熱烈なキスで、相手を自分に夢中にさせようとした。

男性にそんなことをするのは浅はかで低級な女性だとわかってはいたが、でもこの次は彼も、二人の間に将来への希望がまったくないというのに、ただいたずらに私をもてあそぶのには二の足を踏むだろう。

最初の何秒間かは、できるだけ官能的なキスをしようと、いままでに覚えた、あるいは物の本で読んだあらゆる手を使った。彼の大きな両手が上がってきて、しっかりと抱きしめられたとき、彼女は初めて勝利の小さな炎を感じた。

けれどその小さな炎は、ふいに今度は自分が仰向けにされ、いままでに味わったことのないほどどみだらで貪欲《どんよく》なキスのなすがままになっていると知った瞬間、水に投げ入れられたマッチの火のように消えてしまった。

ひどく熱いものが全身を泡だって流れ、体内に火がつき、体がテーブルにとけ込んでいきそう。こんな感じは初めてだった。存在するとも知らなかった、悪魔のように巧みな技にさらされ、彼女はどうすることもできなかった。

それから、ブラウスのボタンが外されていき、キスの侵略よりなお巧みに抗《あらが》いがたく、手が胸元に入ってくる。

狂ったように夢中になってしまったのは彼女のほうだった。そして、女性の本能のままに、自分も応え相手にも応えさせ、それを楽しんだのだった。理性を失い、そのことを彼女の体は喜んだ。

そして彼がキスを終えたときには、震えながら空気を求めてあえぎ、自分のしたことへのショックが堪えはじめて、ぐったりと横たわっていた。こんなに自制をなくしたのは初めてで、もう一度そうなりたいと望んでいるのが腹立たしく、自分をいっそう分別の裏切り者のように感じてしまうのだった。

敗北の熱い涙が溢《あふ》れ、耳元へと流れていく。けれど、相手はまだ引き下がらずに、その巧みな口で彼女の首を軽くかみ、征服した土地に部下の軍隊をパレードさせる支配者のように、さらに下へと移動していく。

「あなたの勝ちよ」そうつぶやいても、茫然とした感覚はかすかな驚きしか覚えない。これから何をされようと私はもう抗えないと諦《あきら》めている身としては、負けを認めたとしても、ぼろぼろになった誇りをあとほんの少し犠牲にするだけのことだったのだろう。

「これは勝ち負けの問題ではないよ、ローナ」ぶっきらぼうに言って、彼は顔を上げ、魂にまでしみてきそうな熱っぽさでこちらを見下ろした。

ローナは片手をそっと上げ、そげたような彼の頬に触れた。まだ渇きが癒されず、彼の肌の感触を味わってみずにはいられなかったのだ。彼がかがみ込み、胸がうずくほどの甘美なキスをそっとしるした。

「この仕上げはうちに帰ってからにしよう」その言葉も、ローナの心に後悔の小さな痛みしか引き起こさなかった。私にあんなキスをされ、彼にはほかにどう取りようがあるかしら？　あまりにも巧みに立場を逆転され、彼をたしなめるなどというイリュージョンはもう何一つない。まして、うちに帰ってから彼がどんなに深い関係に入ろうと考えていても、それに抗えるイリュージョンなんて。彼と同じほどいまは私もそれを熱烈に望んでいるのだから。

彼が身を引いて、こちらを起こしてくれた。そして、ブラウスのボタンを留め、外れて落ちたヘアクリップまで拾ってくれるのを、ローナは耐えがたいほど切ない喜びで見守った。

二人は黙々と帰り支度をした。ミッチが手早くテーブルクロスをたたみ、クーラーボックスに入れている間に、ローナはブラウスの裾《すそ》をジーンズにたくし込み、帽子を見つけた。彼の方は見ないようにしていたけれど、怒った低いつぶやきがきこえ、目を上げると、彼がテーブルの下のステットソンに手をのばしているところだった。

それが引きだされたのを見て、彼が何に文句を言っていたのかがわかり、ローナはあえいだ。大きな帽子の山が滑稽《こっけい》な形にひしゃげていた。テーブルに這《は》い上がろうとして、彼女が踏んづけてしまったのだ。恥ずかしさとおかしさにローナは引き裂かれそうになった。

こちらを見たミッチの目もおかしそうに煌《きら》めいていた。けれど何も言わず、口元をかすかに歪《ゆが》めただけで、大きな拳を帽子に入れ、軽く叩《はた》いて形をなおした。そしてそれを被《かぶ》り、鍔《つば》を引き下げた。

ローナは顔を引き締め、慚愧《ざんき》にたえないという印象を与えようとした。「ごめんなさい。きっと私、それを踏んづけて……」

笑いの発作がこみ上げてきて、ぷっと噴きだしそうになるのを唇をかんでこらえなくてはならなかった。

　その様子を見て、黒い瞳には笑いが揺らめいたが、顔の表情は崩さず、彼はクーラーボックスを引き寄せ片方の肩に抱え上げた。

「男性の帽子にちょっかいを出すんじゃない」彼女のくすくす笑いを抑えきれなくさせようと、わざとしかつめらしく言う。「まして、そいつを踏んづけて、男性の体にのしかかってくるとはもってのほかだ。たとえ、その男性に気を狂わせるようなキスをするためでも」

　あまりのばかばかしさに、ローナは沸々と笑いの泡の高まりを胸元に感じたけれど、彼が横を通りすぎるまで懸命に顔を引き締めていた。

　けれど、さあ、出発だ、のあと、わずかにきこえる声で、〝帽子《ハット》のつぶし屋《マッシャー》さん〟と言われ、ついにこらえきれず、ヒステリックなほどの笑いをほとばしらせてしまった。すると、この三日間の緊張と切望と屈折した感情が、この状況のどれ一つとしてハッピーエンドに終わるとは思えない孤独な魂からどっと流れだしていったのだった。

　トラックに乗って母屋に向かうころにはようやく気持ちを静めることができた。大きな座席越しに手をのばしてやさしく抱き寄せられたときは、ぐったりと寄りかかり、彼の体の熱気や感触、麝香《じゃこう》の香りを味わった。その全部をしっかり胸に刻みつけておこうと。

　もうすぐこのすべても、二度と目にできない愛した人や場所の甘い思い出を入れてある孤独な小部屋にしまい込まなければならないだろう。そしていつかはミッチの記憶も、ほかの思い出と同じようにかすんでいくことだろう。

　それにどれほどの日にちや週や年数がかかろうと、いまはそれよりも、彼との残された時間にできるだけ多くの思い出を作っておこうという、唐突にわき上がった欲望のほうがずっと大事だった。

ローナへのやさしい気持ちはミッチがいままで味わったどんな感情にも似ていなかった。小川のそばでは人でなしのように彼女を追いつめたが、それは彼女をよそよそしさから引きずりださずにはいられなかったからだった。それからローナは彼にひどく腹を立て、とうとうキスをした。そして二人とも自制心を失ってしまったのだった。

ローナの情熱が堰《せき》を切ったようになだれ落ちてきた瞬間に彼はそれを予感し、彼女の反応を楽しんだのだった。そして、小川のそばのあの場で、すんでのところで一線を越えてしまうところだった。そんなことをすれば、彼女のプライドがどんなに傷ついたか、いま少し冷静になってみるといっそうよくわかってくる。ローナのような女性は、結婚の裏付けのないそういう親密さにひどく傷つくだろう。

あのあとのローナの打ちひしがれたような悲しい目の色に、彼は胸をつかれた。けれどそれはわかっていてもよかったことだ。彼女は自分が愛されるなどと信じられず、それを得ようと本気で試してみるのを恐れている女性だ。だが、それでいて、次の呼吸を望むのと同じほど愛を切望してもいるのだ。それがいまはわかる。

ローナは彼の脇《わき》に身をすり寄せている。少しは彼を信頼しはじめているかのように。だが、そういうはかない感情というものは果たして長続きするだろうか。まして、ケンドラとドリスの問題が二人の間に立ちはだかっているも同然では、こういう感情の芽生えも、一週間の命があるかどうか。

ひょっとしたらローナの言うとおり、彼女に干渉しなかったほうがよかったのかもしれない。身をかがめ、黒髪にそっとキスをして、密《ひそ》かな謝罪をする。髪は梳《と》かしたままになっていて、シャンプーの香りが残っていた。唇を寄せたまま、その豊かな感覚を味わい、この賭《かけ》について考えてみる。

　三日間では何にしろ確かに知るには短すぎる。だがそれなら、どれくらいあれば、有望そうに見えている何かに賭《か》けてもいいかどうか決められるだろう？　この人になら賭けてもいいと？

　家に帰りつくと、ミッチは肩にクーラーボックスを担ぎ、ローナと手を取り合って裏のパティオに向かい、プールの脇を通って、冷房のきいた静かで大きな屋敷へと入っていった。

　足を一歩踏み入れたとたん、何かが違っているとローナは感じた。前にはなかった、何か恐ろしいものがあり、不安が、汚染された流れのように身内を走った。床にクーラーボックスを下ろしているミッチを彼女は気がかりそうにちらっと見た。

「ドリスは、私が帰ったずっとあとに戻ってくるはずではなかったの？」

「予定ではね」ミッチが体を起こし、眉を寄せた。

「彼女がここにいるとなぜ思うんだ？」

　廊下の木の床を踏むハイヒールの音が二人の耳に響いてきた。ローナはうろたえて、逃げだそうという本能からくるっと体をまわしかけた。だが、ミッチに腕をそっとつかまれ引き寄せられた。

　腰を抱かれ、ローナは彼の胸に両手を突っぱった。

「恐れることはないよ」低い声がなだめるようにかすれていた。「予定が変わったんだろう。だが、今日はこの前のレストランのようなことはない」腰にまわった腕に力がこもる。「きみは向こうの望むとおりにやったんだ。彼女だって、それを台無しにするようなばかではないよ」

　ミッチの言ったことに気づいて驚き、ローナは顔を上げた。ドリスに対して幾らかの防御壁があると彼は思いださせてくれたのだ。そしてそれを思いださせてくれたこと自体、一種の防御壁だった。まるで、彼がドリスにではなくむしろこちらに味方しているという感じだった。でもそんなはずはない。私の誤解だわ。それに彼はドリスのことがどうしてそんなにはっきりわかるの？

それをじっくり考えている間もなく、ハイヒールの軽やかで単調な音の高さが変わり、ドリスが化粧タイル張りのキッチンに入ってきて、唐突に足を止めた。

ローナはそちらを見た。そして目をそらすことができずに、顔から表情を消し、災難に身構えようとした。ドリスは青い目を、彼女の腰を抱いているミッチの腕にじろりと走らせ、それから彼女の顔をちらっと見たが、目を合わせようとはしなかった。

そしてかすかにお愛想笑いを浮かべてみせた。その笑みは、どちらにともつかず、冷ややかに二人に向けられていた。そして高飛車でそっけない響きの、貴婦人のように洗練された声で言った。

「ミッチ？　彼女を紹介していただけない？」

9

〝彼女を紹介していただけない？〟

まあ、しらっぱくれて、とローナはかっときた。それでも声だけは穏やかに努めた。「私たち、役者がだれか知らないわけではないでしょう、ミセス・エラリー？　リハーサルの必要はないですわ」

こんな横柄な口のききようを、親となった人たちにしたことはめったにない。ローナは黙ろうとして歯を食いしばった。でもドリスは親なんかではない。だからそのとぼけぶりに挑戦してもやましく感じることはないのだ。それでも悔しいことにやましく感じてしまうのだった。

ドリスが初めて彼女と目を合わせ、その視線を鋭くしてから束《つか》の間下げ、彼女の腰を抱いているミッチの手にもう一度留めた。それからそれを彼の顔に移した。

「私、ミス・ファレルと二人きりでお話がしたいんだけど、ミッチ」ローナの中のすべてが警戒態勢を取り、氷のような不安がばりばりと音をたてて血管を流れた。「書斎で。もしあなたさえよければ、ミッチ？」ドリスがきびきびと言葉を継いだ。

それに対してミッチがどんな顔をしたのかローナは見ていなかった。母親の厳しい顔から目をそらせないような気がしていたのだ。永久とも思えるときが流れ、それからミッチが答えた。

「それはローナ次第だと思いますが」

ドリスの目にちらっと驚きが走るのが見えた。彼は私を守ろうとしている、とローナはミッチの言葉をきいて感じた。そして彼がそんなことをするのに驚いた。それはドリスにも意外だったらしい。


厳しい表情がひるんだように見え、おもねる口調になって言った。「もちろん、そうね」それから、ローナを見たが、やはり視線は合わせようとはしなかった。

相手の期待に圧迫を感じ、ローナは憤りがこみ上げてきた。彼女はそっとミッチからはなれた。「私はお話ししたくないですわ」ドリスを怒らせてその堂々とした落ち着きをもう少し揺さぶってやりたい。その思いに負けそうになり、ローナは大きくあえいだ。「私、あなたやあなたのお嬢さんを脅迫したりしませんから、ミセス・エラリー。それに私はこの牧場に来ましたし、少なくとも一人の方にはこうやって見ていただいたわけですから、これで失礼してサンアントニオに帰らせていただきますわ」

ドリスは口を開いて反対しかけたが、思いなおしたようだった。「では、どうぞお好きなように。けど、金曜日のバーベキューにはいらっしゃるという確約みたいなものをいただきたいですわ。七月四日をお祝いするエラリー牧場での年中行事ですの。ミッチのいまの関心の的の方がいらっしゃらないとケンドラも変に思うでしょうし」

このお芝居での自分の立場をローナは改めて思い知らされた。小川のそばでミッチとの間に何が起ころうと、私は彼の義母《はは》が考えだしたデートごっこの端役にすぎない。金曜のバーベキューの話をミッチがしなかったのは、それまでに二人の仲は終わっているると踏んでいたからだろう。しばらく従ってみようと彼が言った道は、そのときには行き詰まりになっていると。

「バーベキューにお邪魔する必要はないと思いますわ」抑えるには痛烈すぎる古い痛みや憤りにひりひりととらえられ、慎みのかけらに必死でしがみつく。「私、ジョン・オーエンに辞職願を明日出して、その先二週間はお休みを取り、ケンドラが私とはコンタクトが取れないようにしますから。それにバーベキューのころにはミッチは傷心を癒《いや》すために、新しいお相手ができているかもしれないでしょ？」

母親がさっと青ざめ、打ちのめされた目の色になるのを見てローナは驚くほどほんのわずかな満足感しか得られなかった。ドリスが困ったようにミッチを見て、口早につぶやいた。「ちょっと、あなたと書斎で？」

母親の打ちのめされた目の色や困惑は、自分の計画が思いがけず拒否されたからにすぎなかったのだ、と気づいてローナはめまいを覚えた。母親にまた面と向き合うのをあんなに恐れていたのに、ふいにばったり会ってしまい、自制心を強化する暇がなかったのだ。

そしていまドリスはミッチを連れていって、彼を説得し、甘い言葉でか頭ごなしにか、私を言いくるめさせ、彼女の計画に従わせようとしているのだ。

ローナはもう自分を抑えられなかった。私がどんなにあなたに傷つけられたかいやでも見せてやる。その思いに圧倒され、彼女は攻撃に出た。

「それは、〝ローナをどうする?〟という相談のためでしょう?」静かな口調で言って、ドリスが関心を完全にこちらに向けるまで待つ。「いままでにもそんなことは何度かあって、それで決まったことは、私の気に入らないことばかりでした。そういう相談の間、私、あなた方のお近くにはいたくないんです。ですから、それは、ミッチが私をサンアントニオまで送って帰ってからにしていただけません? それに私、いまはすごく腹が立って意地悪な気持ちになっていますので、もう少しここにいたら、どんなにひどい態度をとるかわかりませんので」

いまにも爆発しそうな苦痛と怒りに胃の辺りがこわばる。自分のひどい言葉に身を切られそうに後悔し、吐き気がしてくる。私がこれほど恨みがましくなれるとは。その発見はこの上ない屈辱だった。おろおろと謝ったり言いなおしたりしないでいられたのはわずかに残ったプライドのおかげだった。ドリスは私の恨みを受けて当然の人間かもしれないが、その恨みの味を彼女に思い知らせるほど自分を落としてしまったことがたまらなく恥ずかしかった。

おまけに、ミッチにそれを見られ、辛辣《しんらつ》な言葉をすべてきかれてしまった。彼の岩のような存在をずっと感じてはいたけれど、その反応をいま見る勇気はない。耳ががんがん鳴り、胸の悪くなるような恐怖の波に次々と襲われるのは、彼の冷ややかな沈黙のせいかしら?

謝りたいという衝動は確かにそのせい。ドリスの目の苦しそうな動揺の色に心ならずも同情してしまったせいでも、その体がふらっと傾《かし》いだように見えたせいでもない。

「私、持ち物を取りに行って、手を洗ってきますので」いらだった声で言って、ローナは廊下に出た。ハンドバッグを取りに書斎に寄り、階下のバスルームへ行って中に入り、鍵《かぎ》をかけた。

足が震えてがくがくする。ハンドバッグを床に落とし、一本脚の洗面台の前に膝をついて、冷たい陶器に額を当てた。自分の口にしたひどいことと折り合おうと、深呼吸を何回かする。

「神様、私をお許しください。神様どうか私をお許しください」無言で必死に願う。やましさにどっぷり浸《つ》かり、窒息しそう。

いままでは不当な扱いを受ける側でこそあれ、非難されるような人間ではなかった。ドリスにぶつけてしまったほんの少しの仕返しが魂の汚点になり、傷つきやすい良心が、生きたまま食べられるような痛みを感じる。

心が乱れ、苦い涙が溢《あふ》れでて、冷たい水の蛇口を、挑むようにひねる。よりによってこんなところでくずおれてはいられない。体を引き上げて洗面台にかがみ込み、火照った顔に冷たい水をかけ、出ていく前に懸命に落ち着きを取り戻そうとする。

「ミッチ、今日彼女を引き止めておけないなら、バーベキューにはぜひ来させるようにしてちょうだいね」声のきこえない所にローナが行ったとたん、ドリスがせっかちにささやいた。

「今日はあなたに会うことはないからと彼女に言っておいたのに、なぜあなたはここにいるんです？」

「私、彼女を動転させたみたいね」

質問をきかなかったふりをするドリスの様子には彼の警戒心をかき立てる何かがあった。「それが気になるんですか？」

ドリスの苦しそうな目の色が深まり、いつもは毅《き》然《ぜん》としている彼女が、めずらしく動転して、華奢《きゃしゃ》な手を揉《も》み合わせている。ローナもそんな仕草——上の空で指を曲げ、手を揉みしだく同じ仕草——をしていた。それでその癖がいっそう際だち、血の繋《つな》がりを示しているように彼には思われるのだった。

静かな中に、バスルームのドアの掛け金が外れ、鍵のかちっと開く音が、廊下の向こう側からきこえてきた。その音にドリスはいってう動揺したらしく、彼をまた急《せ》き立てた。

「お願い、ミッチ、彼女を今日ここに引き止めておく何か手を見つけてちょうだい。せめてケンドラが帰るまでは。何か……」

「この茶番劇には彼女ももううんざりでしょう。僕だってうんざりですよ」

ミッチの冷たい口調にドリスはショックを受けた。信頼できる友人として敬愛し、愛情すら持ちはじめた義理の息子にこんな目で見られるのは初めてだった。

比較的年は近いけれど――わずか八歳かその程度しか違わなかった――ミッチは彼女を父親の妻としてきちんと遇し、彼女が二十歳年上でもあるかのように、すなおに慕ってきてくれたのだった。

けれどいまの冷ややかな表情や厳しく鋭い目の色はひどく威嚇的で、言うことをきかない使用人をかさにかかって首にしようとする雇い主の目の色と大差なかった。

ドリスはミッチの亡くなった父親のベンにそんな目で見られるのを恐れてきた。そしてベンが亡くなってからは、ミッチの目の中にそんな色を見ることを。彼女には隠さなければならない卑劣さや身勝手さがたくさんあって、それが見つかるのを恐れ、中でも大きな欠陥や失策が露見しはしないかといつも神経を張りめぐらしてきたのだった。そしてベンに対してと同じようにミッチにも、その尊敬だけでなく、愛情や忠実さを失いはしないかと怯《おび》えてきたのだった。

そしていま、彼女が密《ひそ》かに、そしていちばん恐れていたことが現実のものになろうとしている。前方に控えているものを避けては通れないとわかってはいるけれど、自分のやったことへの償いの道が見つかるまで、その災難の到来を引きのばそうとまだあがいているのだった。手段と動機を持つだれかに過去を探られるのは時間の問題だと恐れてはいたものの、この特権的な暮らしをなんとか波風なく続けられないものかと徒《あだ》な希望をつないできたのだった。

それからケンドラが何も知らずにことをスタートさせ、ローナが故意ではないが、その動きを速めてしまった。いつかは報いを受けるという思いにドリスはずっと責められ、その槌《つち》をそれとは知らずに振り下ろすのがローナであるのは当然だと認めてはいた。けれど、自分がこんなにも大事にしているすべてを失うという恐れから、その報いをなんとか回避できないものかと願ってしまうのだった。

ローナがそのすべての鍵だった。そして彼女に近づく勇気をようやく見つけたいま、償いの最後のチャンスが、それを始めもしないうちから逃げていこうとしている。出だしからしくじってしまったのだ。

ミッチの苛酷《かこく》な声に関心を呼び戻され、ドリスは自分がいつの間にかおろおろと考え込んでしまっていて、彼の言葉を聞きのがしたのに気づいた。「なんですって？」

「あなたは何をしたのか、と尋ねたんです」

〝あなたは何をしたのか？〟ドリスはその質問にたじろいだ。

〝あなたは何をしたのか？〟

あなた、という短い言葉が、彼女に罪のレッテルを貼《は》る。爆弾がそのターゲットに的中するように、罪ある者の上に過たずに。ドリスはミッチの大きな手を取り、狂ったようにそれをぎゅっと握りしめた。

「わ、私、ある間違いをしてしまったの」涙が熱い筋となって美しい頰を伝いだす。「ああ、神様、いいえ、間違いではないわ……」さっぱりと首を振る。「間違いというのは、合わない色のドレスを買ったとか、単語の綴《つづ》りを誤って、それを消すか書きなおすかしなければならないというようなときに使う言葉だわ。私のしたことは間違いと呼べるものではなかった」

ドリスの冷たい手を握り、ミッチは自分の中の何かが硬直するのを感じた。それからドリスが自制心を取り戻し、いままで見たことのないほど苦しそうな目の色で彼を見上げた。

「それは罪なのよ、ミッチ。私が十六年前にローナ・ファレルにしたことは一つの罪だったの。そのときはそうするのが正しいと思えたし、それがケンドラを手ばなさずにすみ、悪夢からのがれるただ一つの道だと思えたの。けれどあんなことは決してすべきではなかった。ぜったいにしてはいけなかったのよ、ミッチ。ぜったいに」

彼の全身に冷たいものが走った。十六年前と言えば、ローナは八歳だったはずだ。そして彼女が八歳のときに、彼女の養父母は亡くなったのだ。

「だれかにばれるのではないかと恐れることに私は疲れてしまった。お父様が生きてらっしゃる間は、お父様に、そしていまはケンドラやあなたに。けれどいまようやくあなた方二人にそのことを打ち明ける勇気が出たの。そのあとに何が起ころうと、それが私には当然の報いというものだわ」

ミッチはあることに気づいてはっとした。「ローナはあなたのやったことを知っているのですね?」

涙がいっそう溢れて、ドリスは話そうとあがいた。「幾らかは知っているはずよ。けれどなぜかは知らないでしょう。なぜか知ればそれで彼女の心も少しは慰められるかもしれない。私もやましさを抱えて生きるのに疲れ、だれかに許してもらいたいのかも。何ももうはっきりとはわからない。でもローナが今日帰ってしまえば、もう二度と彼女が私を近づけようとしないことだけはわかるわ。彼女を引き止めるのに力を貸してちょうだい。彼女に話さなくてはならないの。お願い、ミッチ、これがあなたへの最後のお願いだから」

ドリスはあまりにも取り乱していて、キッチンのすぐ外の廊下での動きに気づかなかった。ケンドラが帰ってきて、戸口に立っていたのだ。涙ぐんだ目を母親に向け、ジョンがその後ろで、非難するように黙って立っていた。

ケンドラが口をきいたとき、ドリスはびくっとして、末娘へ気遣うような視線を向けた。「大丈夫よ、ママ。ミッチが彼女を引き止められなくても、私がやるわ。彼女はママの話をきくわ。きっときいてくれるわよ」

ケンドラの言っていることの重要性にぴんときて、何が起こっているのかミッチにはふいにわかった。

ケンドラが目を上げ、彼と目が合った。するとふいにミッチには、彼のナイーブな義妹《いもうと》が、自分が思っていた半分もナイーブでも世間知らずでもなく、世故にも長《た》けているのが見えてきたのだ。

だが、そのとき感じた怒りは、ローナが感じるだろう憤りの足元にも及ばないだろう。そして、そう、ローナは残るべきだと彼も思った。これを最後にすべてを明るみに出すのがベストだと。

それでドリスの手をはなし、義妹に一瞥《いちべつ》も与えずに廊下に出ていった。ケンドラはすぐに、母親に駆け寄った。彼は階下のバスルームに行ってみたが、ドアは開いたままで灯《あか》りは消えていた。書斎にもローナの姿はなかった。ローナは、他人の家をうろうろ歩きまわるような女性ではない。彼は正面玄関から外に出て、家の角をまわっていった。

ベランダの向こう端にステットソンとハンドバッグを持ってローナは座っていた。ケンドラとジョンがやってきたとき、玄関からは彼女の姿は見えなかっただろう。だがローナには、ジョンの車の音がきこえたはずだ。

中型牧羊犬《ケルピー》の子犬たちがローナを見つけて寄ってきていたが、その沈んだ気分を敏感に察して同情し、くんとも鳴かずにまわりに集まり、ゆったりと抱き寄せられ指先で柔らかな毛並みを愛撫《あいぶ》されるだけで満足していた。

ローナは彼を見上げ、それから視線をそらした。

「さっきはひどい態度をとってしまって、ごめんなさい」

「きみが出ていってからドリスが驚くような告白をしたんだ。きみにきく気があるなら、彼女もケンドラもきみに打ち明けたり説明したりすることがあるらしい」相手に妙な勘ぐりをさせないように、彼は率直に言った。だが、ローナは恐らく拒否して、サンアントニオに連れて帰ってくれと頼むだろうと思っていた。彼女がそう望むなら何もきかずにそうしてやるつもりだった。彼女に対してはそれだけの負い目がある。

ローナは悲しそうにうなずいて、子犬たちを見下ろした。「私、ずっと考えていたんだけど、何かがあったのね。でもそれが何か、知りたくないような気もするの。もういまになればどうでもいいことにも思えるし」

彼は子犬の一匹を抱き上げてローナの横に腰を下ろした。「どうでもいいことではないかも。きみはそのことを知っているが、なぜそうなったかは知らないとドリスは言っている。そのことで彼女はずっと悩んできたらしい。きみがいろんなことへの答えを知りたいなら、これがいいチャンスかもしれない」

「私、同情を買おうとされるのには耐えられないし綿々と弁解をきかされたくもないの」さっき動転した余波でまだ疲れているし、また動転するのが怖かった。「私、自分が思っていたほど、思いやりや忍耐や礼儀正しさの鑑《かがみ》ではなかったんだわ」

「そうである必要はないよ」

その言葉の真意をはかるようにローナはちらっと彼を見て、それから子犬たちに関心を戻した。私は本当にどれほど知りたいかしら？　とても気は引かれるけれど、すぐに駆け戻ってもっと知るには、また取り乱してしまう危険が大きすぎる。

ドリスにもう一度チャンスを与えよう、と決心がついたのは、ずいぶん時間が経《た》ってからだった。

ケンドラやドリスのいる居間にミッチとローナが現れたとき、ジョンはすでに帰ろうとしていた。上司のことをよく知っているローナには彼が怒っているのがわかった。ひょっとしたらかなりひどく怒っているのかもしれない。ケンドラは悲しそうだった。けれど二人の間のぴりぴりした空気にはジョンもケンドラも触れず、ジョンが、サンアントニオに帰る、と言っただけだった。なんなら車で一緒に、とローナは思いがけなく誘われ、何が起こっているのか、いっそう不安になった。

ミッチが口を挟んだ。「彼女が帰れるようになったら僕が飛行機で送っていくから」

ジョンは一応みんなに丁重に帰りの挨拶《あいさつ》をしたが、ケンドラにはぶしつけなほどよそよそしくしていた。彼が出ていったあと、一同は居間に戻り、それぞれの席を選んで腰を下ろした。

ローナはハンドバッグとステットソンを持ったままでいた。あちらに置いておきましょうかと言われたけれど、遠慮したのだった。すぐに逃げだす準備をしておいたほうがいいと思わせる何かがあったのだ。慣れ親しんだものを身近に持っていたいと思わせる何か不安なものが。残ることにしてみると、ドリスとケンドラの緊張した顔が不安をいっそうかき立てるのだった。二人とも泣いていたような顔をしている。ローナは無視しようとした。

アイスティーを勧められたが、早くすべてを終えてしまいたくて、ローナは断った。ミッチがソファーの彼女の隣に座り、ケンドラとドリスは、大きなガラストップのコーヒーテーブルを挟んで、袖《ウイング》椅子《チェア》にかけた。

ドリスがそっと咳《せき》払いしてローナを見た。今度はしっかり目を合わせて。恥じ入っているようなドリスの様子にローナは心ならずも胸をつかれてしまった。

ドリスは自分の思春期の出来事は率直に比較的淡々と描いてみせ、大人になってから取った行動については詳しく、自分についても、なぜそんなことをしたかについても、言葉を濁すことなく語った。

ドリスは、アルコール依存症の母親や二人に暴力を振るう父親と貧しく育った。そして、やさしさと愛に飢え、隣家の少年に彼の車の後部座席で体を許し、そのたった一回のセックスで妊娠したことにも気づかないほどうぶだった。怪しみだした母親に、あわてて医者に連れていかれ、その事実が確認されたときには、もう妊娠何カ月にもなっていた。

そのあとドリスの暮らしはひどくなる一方で、ついに父親の暴力のせいで慈善病院に預けられるまでになった。ロバートとアーマ・ファレル夫妻がそれを知り、ローナを養女にもらうという条件で、ドリスが高校を出るまで、小さなアパートの家賃やたっぷりのお小遣いまで含めて、すべての費用を負担することになったのだ。

ドリスは、世の中に出て一人で暮らすのを恐れ、十八歳になったとき、最初にプロポーズしてくれた男性と結婚した。けれど、父親の暴力をのがれたと思っていた彼女を襲ったのは若い夫のいっそうひどい暴力だった。しかもそれはどんどんエスカレートしていった。六年我慢したあと、その暴力がケンドラにまで及ぶようになり、ドリスは離婚請求に踏み切ったのだった。

ローナの養父母が亡くなったころには、ドリスはケンドラの親権を巡って泥沼の争いをしていた。そして元の亭主にローナのことがばれ、親権争いにそれが不利に使われるのを恐れ、ローナを引き取ろうとはしなかった。ケンドラの親権争いに勝ち、二人とも安全に暮らせるようになってからも、経済的に苦しく、美しくかわいいローナのことは、健全な家庭にもらわれていっただろうと自らを慰めていた。

彼女は自分とケンドラの暮らしをよくしようと懸命に働き、それからベン・エラリーに出会い、恋に落ちたのだ。ベンは、善悪や義務や家族について高い倫理観を持つ立派な人だった。

ベンの愛情を得てケンドラと自分が豊かに暮らせるという絶好のチャンスをのがすのがドリスは怖かった。そして、子供を捨てた事実をベンは決してよくは思わないだろうと心配したのだった。彼女は一人の娘を守るために、もう一人の娘を犠牲にし、暮らしが少し楽になったときもその子を捜しだして自分の手元に引き取ろうとしなかったのだ。それを知ったらベンは彼女を決して許さないだろう。

とりわけ、二人が結婚すると決まったときも、ベンの助けを借りてローナを捜そうとはしなかったのだから。それは、ベンほどの金と力のある人なら簡単にできたはずなのに、彼女は自分の新しい豊かな暮らしを危険にさらすのを恐れ、助力を求めようとはしなかったのだった。そして時間が経てば経つほどそれは難しくなっていった。

それでずっと沈黙を続け、ついに五年前のあの日、ベンとミッチの前で、ローナの元友人が彼女をドリスの捨てた子供だと紹介したのだった。うろたえてドリスはそれを否定した。そしてベンも、初めは妻を疑っているようだったが、やがて折れて、ドリスの言葉を額面どおり受け入れたのだ。

しばらくはほっとできたものの、この前の金曜日、ローナとケンドラが親しくしているのをミッチが発見したのだった。

ローナにお金を受け取るのを断られ、ドリスはがっかりした。そのお金で過去の償いを幾らかでもできたらと思っていたのだ。それから、ケンドラがミッチにローナとのデートを勧めるのをきいてショックを受けた。けれどケンドラの提案を真剣に取り上げることで何か道が開けてくるかもしれないと気づいたのだった。

ローナはどんな娘だろうと考えだしたのは、ミッチにデートの計画を実行するよう説き伏せてからだった。お金を受け取らないとしたら、何を望んでいるのだろうと。

それに、ケンドラの意図がわかったとき、ローナを自分たち家族にもっと近づけ、彼女との間を修正するのは、もう避けられないことだけれど、同時に、それが自分の望みでもあると気づいたのだった。

だから今日は予定より早く帰ってきたのだ。そしてすぐに関係修復を始めるつもりだったのに、出だしからしくじってしまい、修復どころかかえってことを悪くしてしまったようだ、とドリスは認めた。

ローナはドリスの打ち明け話について何も言わなかった。けれど、ケンドラがローナに助け船を出すかのように自分の説明を始め、爆弾を落としたのだ。

彼女は、五年前のレストランの日から始めた。その日は家族と一緒に食事をしていたのだが、別のテーブルにいる友人に話があって、席を外していたのだった。戻ろうとして近くまで来たとき、話し声がきこえ、何が起こっているのかと、羊歯《しだ》のガラスケースの陰に隠れてその先に耳をすましたのだ。

そして母親の狼狽《ろうばい》ぶりから、長く行方不明だった子供だというその女性の主張はうそではないのではないかと疑いだしたのだ。それからずっとその出来事を考えていて、一年前に義父《ちち》のベンが亡くなったあと、自分のお金を使ってその主張の真偽を調べはじめたのだった。

そしてローナは本当に自分の姉なのかもしれないと確信すると、あるパーティーでジョン・オーエンと出会うように画策したのだ。彼とつき合えば、ローナとも会えるかもしれないと。そして、ジョンに恋をするという幸せな結果になってしまったのだ。

さらにローナとミッチが出会えばそれを利用できると、二人の偶然の出会いを待ち、待ちくたびれて、必ずローナに会えるジョンのオフィスまでミッチに自分を迎えに来させたのだ。ミッチを通じてローナをドリスに近づければ、ドリスも今度はローナを受け入れるのを拒めないのではないか、とケンドラは踏んだのだ。

ドリスは彼女にとってはすばらしい母親だった。そのドリスが実の娘を拒めるなんてケンドラにはどうしても信じられなかった。そしてローナの生い立ちを知れば知るほど、自分が安楽で幸運な暮らしをしてきた子供であることがやましく感じられてきたのだった。

告白をすべてきき終えたとき、ローナはくたびれきってどう答えていいのかもわからなかった。見捨てられた辛《つら》い人生をなぜ自分が送ってこなければならなかったのかは説明された。けれどケンドラもドリスもそんな生い立ちを利用して、彼女をいいように動かしていたのだ。

そのすべてのショックから立ちなおろうとローナが黙って座っている間、だれも口をきかなかった。ミッチの方を見ると、冷ややかな顔をしている。ドリスやケンドラのやったことを非難しているのだ。

目の中の暗い嵐《あらし》は見間違いようのないものだった。

私の考えや感情も彼のほどはっきりしたものだといいのだけれど。

数分後にローナは低い声でつぶやいた。「いまはまだ頭の整理がつかなくて」それしか言うことを思いつかなかった。

古い怒りは拍子抜けするほどどこかへ消えてしまっていたけれど、世間知らずでこちらが守ってあげなければと思っていたケンドラに巧みに操られていたことへの新しい怒りは激しかった。

そしてドリスもその操りに便乗していたのだ。要するに二人はお互いを操るために、私のいちばん奥深くにある欲望を利用して、私を自分たちの望みどおりに動かそうとしていたのだ。

そして二人には、私の家族への渇望を最終的には満たす助けになるという理由があったとしても、それをありがたがる気にはまだなれない。そして私に何もかも打ち明けることで、おセンチな自己満足に浸っている人たちに全幅の信頼を表明する気にもまだなれなかった。

「失礼させていただきます」口調は物静かだった。「お二人への気持ちはいま早々には決めたくないんです。いまここでそれを決めろと言われたら、きっとお二人にとって不愉快なことを申し上げなくてはならないでしょう」悲しそうに彼女はほほえんだ。「もちろん私もデートの茶番劇に一役買ったのですから、相手だけを責める権利はないと思いますが」

ローナは、だれの顔も見ずに言い終え、それから、立ち上がってハンドバッグとステットソンを手に、部屋を出ていった。ミッチがあとを追ってきて、二人は裏口から小型トラックに向かい、彼の運転でさらに空港へと向かった。

10

ローナは家族ができ、その人たちと親しくなってもきたけれど、なぜかミッチを失ったようだった。

日曜日の午後、ローナは飛行機でサンアントニオまでミッチに送ってもらい、そのあとうちに帰る途中、二人でステーキハウスに寄った。ミッチは、彼女の沈黙に対しては、あまり話したくないのだろうと察したのか、何も言わなかったけれど、食事だけはきちんととらせようと、やさしく気を配っているようだった。

ミッチの辛抱強さがローナにはありがたかった。大事にされていると彼女に感じさせる一種の才能がミッチにはあり、その細やかな気配りが本心からのものだけに、感動で彼女は涙ぐみそうになってしまうのだった。そして、彼は愛する女性を甘やかしてスポイルしかねない人だ、と思い、胸がいっそうじんとしてくるのだった。

ステーキハウスから彼女のアパートに帰りつくと、ミッチは本箱の上の一組のトランプに気づき、彼女を上手にのせて、ゲームに誘った。そしてその気分を引き立てて笑わせたりしたが、帰るときになると廊下をずかずかと歩くので、何事かと、メラニーが顔をのぞかせた。

ローナは促されて、親友にこの小暴君を簡単に紹介した。その間メラニーは穴の開くほどミッチを眺め、それから彼が立ち去る前の数分だけ、二人をそっとして、さようならの挨拶《あいさつ》ができるようにしてくれたのだった。

彼のキスはやさしく長く、そしてあまりにもすてきで、泊まっていくようにローナは誘ってしまいそうになった。幸い、その衝動は自分一人の胸に収めてはおけたけれど。二人とも考えることが山ほどあるのだし、これ以上お互い親しくなってことをいっそうややこしくしてしまうのもばかげている。

それに実際、二人は近づきになって三日にしかならない。その間の一時間は何年にも感じられるけれど、ローナはなんとか分別にしがみつくことができた。

数日か数週間もすれば、すべてが落ち着き、彼女も冷静になるだろう。そうなれば、この週末は、緊迫した状況と、いずれは過ぎ去っていく一時ののぼせ上がりが生みだした、ロマンチックな蜃気楼《しんきろう》だった、と気づくかもしれない。一日惚《ぼ》れなど彼女は本当には信じていなかった。頭ではそんなものはないとわかっているのだけれど、ただ、ハートが納得しようとしないのだった。

そしていまになって、やはり、日曜の夜、ミッチを帰さなければよかった、と悔やんだ。どうしているのかと彼は毎日電話はくれるけれど、サンアントニオに訪ねてこようとはしない。金曜のバーベキューまでは会えないだろうと言われていたものの、私から遠ざかっている本当の理由は何かしらと、ローナは心配になりはじめた。

こうして、だんだんに疎遠になっていこうとしているのかしら？　それともドリスやケンドラと知り合う時間を私にくれようとしているのかしら？　彼女は、ドリスやケンドラへの怒りからほとんどすぐに立ちなおった。すると、二人を許し、一からやりなおすのが好ましく感じられてきた。けれど二人と新しいスタートを切ってみると、ミッチの不在がいっそう際だち、それが悲しい意味を持っているように思えるのだった。

ミッチの義理の家族と彼女との関係がすっかり変わり、ケンドラやドリスに彼女が受け入れられた以上、彼との間に発展するかもしれないロマンスは、前より重大な意味を持ってきかねない。

ミッチが性的に私に惹《ひ》かれているだけでないならば。そういう関係は、新しい環境では具合の悪いものになるかもしれないから。だから私との関係をどうしたらいいか彼は考えなおしているのかもしれない。私と、義理の妹という以上の仲になりたいとすればだけれど。

ドリスとケンドラがサンアントニオにやってきて、ローナも結局は一週間の休みを取ることにしたので、火曜日は二人と共に過ごしたのだった。お互い慣れるのには大きな歩み寄りが必要だったけれど、一日が終わるころにはローナも二人に対してかなりうち解けた気分になった。そして、ドリスがサンアントニオに戻って暮らすことになったので、水曜日にはその住まい探しにも二人に誘われたのだった。

そんな中でたった一つの悲しい点は、ジョンとケンドラとの結婚が一時棚上げになって、ケンドラもドリスとサンアントニオに越してくるつもりになっていることだった。ケンドラの策謀に動転したジョンが、二人ともしばらく別々にときを過ごし、事態を検討しなおしたほうがいいと考えたのだった。

ケンドラは楽観的になろうとしていたけれど、自分が間違ったことをしたということも、ジョンの言うとおり二人の間は当分はっきり決めないでおくほうがいいのだということもしっかり認めてはいた。

こういう事情を考え合わせると、ドリスもケンドラも間もなくエラリー牧場を出て、ミッチとは別に暮らすことになりそうだし、牧場はサンアントニオから簡単には行き来できない距離なので彼女もミッチに会う機会がほとんどなくなるかもしれなかった。

彼女がついに家族に受け入れられたのに、皮肉にも、その家族がいまは大きく変わろうとしている。

彼女が加わったことだけが変化ならよかったのだが、

大きな連鎖反応が起こっているようで、それが早く静まるようにとローナはひたすら願うしかなかった。そして、ミッチとの今後がどうなるかを知り、それを自分が受け入れられるようにと。

バーベキューの日の午後、ローナとメラニーはエラリー牧場へと出発した。メラニーもそのお祝い行事に招かれていたのだ。そして二人とも花火のあと疲れすぎて車でサンアントニオに戻れない場合に備え、一泊の支度を鞄《かばん》に詰めてきたのだった。

永遠に行きつかないのではないかと思うほど牧場は遠く感じられた。ようやく着いてみると、牧場の車道も牧場事務所のまわりも、車や小型トラックでほとんど埋まりかけていた。二人は、ジーンズとTシャツを、持参のサンドレスに着替え、ローナがメラニーをあちこち案内したあと、今度はドリスがローナを友人たちに紹介してまわりだした。ドリスは〝私の娘です〟みたいなことは言わなかったけれど、友人の何人かはすでにそれを知っているようだった。知らない人も、その日が終わるころにはうわさできき知っているだろう。

ローナはミッチに会えるかと心待ちにしていたけれど、着いたとき、近くに見当たらなかったのでひどくがっかりした。やはり何か訳があって、私を避けているのだろう。

ケンドラが彼女を見つけ、興奮した笑みを浮かべてやってきた。「ジョンも来てるの。二人の問題は万事解決よ」ローナの手を取り、せっかちに先を続けた。「これがお願いしたくてずっと待っていたんだけど、もう待てないわ。私、あなたに、花嫁の未婚付き添い女性の長になっていただきたいの。ね、いいでしょう、ローナ?」

「喜んで」嬉《うれ》しそうにローナは答えた。「でも、あなたのお母様はこのことをご存じなの?」

「私たちの、でしょ、ローナ。その言い方に早く慣れなくては。でも、そうなのよ。私とジョンが今度のことを解決したときママが最初に提案したのがそれだったのよ。もちろん私は何週間も前にそう決めて、何があろうと、そうするつもりだったの。だからあなたをミッチに早く紹介しなくてはならなかったの。ほら、結婚式まであと四カ月でしょ。そして、ジョンはもう三人の花婿付き添いもその長も決めているのに、私が花嫁付き添いは三人とも決めていながら、なぜまだその長を決めないのかと、その言い訳をあれこれしなくてはならなかったんですもの」

ケンドラが彼女の両手をまた握りしめた。

「でも私、自分の思いどおりにしようと企《たくら》んだりもくろんだりするのはもうやめたの」ローナの後ろにいる人を見つけ、ケンドラの笑みが広がった。

「そうよね、ミッチ?」

大きな両手があたたかく腰にかかり、ローナの全身に激しい興奮が走った。振り返ってそちらを見ようとしたとき、ミッチが腰をかがめて彼女の頬にキスをした。それはひどく熱っぽいキスだった。

「ジョンは賢いよ。結婚式の前にその約束をきみから取りつけたんだから。二度に一度ぐらいはきみの脱線を抑えられるかもね」

ケンドラはにっこりした。「私は成長しているのよ、ミッチ。私は自分で自分を制御するわ」

「頼むよ。仲人役もほどほどにやるんだな。一度うまくいったからといって、次は、めちゃめちゃにぶっ壊すことになるかもしれないんだからね」

ローナはほのかな希望を感じたけれど、それは慎重に自分の胸にしまっておいた。メラニーがほかの客に話しかけられ、ミッチはローナを自分の方に振り向かせた。

「案外早く来たんだね。迎えに出ないでごめんよ。悪いホスト役だね」

「お忙しそうだもの」ローナは、パティオにセットされたテーブルや、書斎の真ん前に陣取ったカントリーバンドなどを眺めた。プールにも、数人の子供と二人ばかりの大人の姿が見える。ぶらぶらしている客の数が次第に増え、バーベキューの肉の焼けるおいしそうな匂《にお》いに早く食事をしたくなったかのように、座る席を探しはじめている。「ずいぶん盛大なパーティーなのね。こんなに大勢の人が来るとは思っていなかったわ。もうすでに超満員って感じ」

「いつも盛大にやるんだが、今年は特にね」その口調に何かがあるような気がする。でもそれは希望的観測だ、とローナは自分を戒めた。私がオフィスに入っていってケンドラが私とこの人を紹介したのはまだ一週間前の今日なのよ。

それに、この何日間かは会ってもいないし。一週間ずっと一緒だったとしても、愛の誓いには早すぎる。まして、二人の間の永久に続く何かを真剣に考えはじめるには。ローナの頭は結婚という言葉を避けていた。

ミッチが、彼女のまだ会っていない人たちに紹介してまわってくれた。その間ずっと彼の手が所有者然と腰に置かれていた。料理が出揃《でそろ》い、人々が自分の皿をいっぱいにしようと列を作りはじめるころには六時近くになっていた。

バーベキューの肉は柔らかく、湯気の立つコーンや冷たくしてスライスした野菜、香りがよかったりぴりっと香辛料がきいていたりする夏向きサラダなどが種々並んでいる。何ダースものクッキーや各種のシートケーキやパイだけで二つのテーブルがいっぱいになるほどのご馳走《ちそう》だった。

料理の大半が片づいたころには、すっかり減ったデザートも一つのテーブルにまとめられて、おつまみ用にベランダの方に押しやられ、ソフトドリンクの氷を詰めた箱が幾つかと大きなパンチボウルをのせたテーブルがパティオの隅のベランダの手すり近くにセットされた。数人の男性たちがビールを手に歩きまわっている。見ると、よく名の知られたビールの光った樽《たる》が二つ、向こう端に置かれていた。プールはいまは数人のティーンエイジャーが占領し、水中でバレーボールをやっている。

二、三のテーブルと大半の椅子が、パティオの片側と、芝生の上に置かれたダンスフロアのまわりに並べられ、カントリーバンドが楽器の音合わせを始めた。夕暮れの長い影が辺りを涼しくし、木々の間の白い飾り電球に灯がともり、バンドがバラードを演奏しはじめた。

ローナはミッチと最初のダンス曲を踊り、その男らしい熱気にたちまち体が包まれてしまった。黒い瞳が彼女をきらきらと見下ろし、そこにはあからさまなメッセージが読み取れる。いままで彼は慇懃《いんぎん》なホスト役で、みんなのために時間を割き、だれもが、歓迎され快適だと感じるように、気配りしていた。

だが、いま彼の目にあるメッセージは彼女にだけ向けられたもので、そこに込められた官能的な警鐘に、彼女の鼓動は高まり血が濃密に甘くなってくる。

「ドリスやケンドラとは、うまくいっている？」

さりげないその話題に、ローナは胸の動悸《どうき》を静めようとした。望んではいけないことかもしれないけれど、もっとほかのことを言ってくれるかと期待していたのだった。思わせぶりでセクシーな何かを。彼もそういうのを楽しむ人みたいだし。〝意味深長な言葉〟や、冗談半分の恋のささやきすら期待していたのだ。けれど彼は、そんなことは何一つ言わなかった。

「ええ、うまくいっているわ。お互いかなり歩み寄りが必要だけど、でもすばらしいわ」

「ドリスは新しい親友ができた子供みたいに興奮している。話はいつもきみのことばかりだ。きみのアパートのことや、どんなにきみが自立して立派にやっているかとか、どんなに美しくセンスがあるかとか。ケンドラはきみのことを、口紅と高級百貨店ニーマンマーカスのカタログ以来の最高のものだと思っている。彼女の既婚付き添いの長を引き受けたんだろう？」

彼の言い間違いにローナはちょっと驚き、でも寛大に微笑した。そうしたちょっとした間違いも男らしい魅力と感じてしまうのだった。「既婚付き添いは結婚した女性よ。未婚付き添いのことね？」

「結婚式の用語ぐらい僕だって知っているさ」その言葉にかき立てられた興奮は、中に入らないかという彼の誘いで、また別の方にそらされてしまった。

「きみたちの間がうまく収まったらしいので、今度は僕の告白を二つばかりきいてほしいんだ」

興奮がまた高まり、彼女はそれを慎重に隠した。彼女がいちばんききたい告白はあまりにも現実ばなれし、夢物語すぎる。でも、彼があるゴールに近づこうとしているのは感じられ、それでいっそう胸がどきどきし、分別がまた働かなくなってくるのだった。

ローナは彼と一緒に、忙しそうにしているキッチンを通り廊下を書斎に向かった。中に入ってミッチはドアは閉めたが、スライディングドアの厚手のカーテンは引こうとしなかった。すぐ外にバンドがいるので、二人のプライバシーは話をきかれないということだけで、彼女はいたずらに興奮していたようだった。

幸いバンドの拡声器は向こうを向いていた。そうでなければうるさくてろくに話もできなかっただろう。ミッチは彼女を袖椅子《ウイングチエア》の一つにかけさせ、デスクの所に行った。そして鍵《かぎ》を出して引き出しを開け、書類の分厚いファイルを取りだして持ってきた。

ローナは椅子の腕に肘をつき、指を組み合わせた。彼が、二人の間のスペースに長い脚をのばし、デスクに寄りかかった。その書類の束を渡してくれるつもりらしいが、すぐにそうはしなかった。

「この告白は短くしておくつもりだ。僕が調査員を雇ったのは知ってるね？　一週間前だった。このほとんどは、日曜日までに彼が調べたものだ。僕はその時点で調査をストップさせるつもりだった。だがそれからきみがお父さんの牧場の話をした」ローナはふいに緊張を覚えたが、言われたことをゆっくり考えている暇もなく彼が先を続けた。「このファイルだけで、きみのお父さんの兄がよからぬことを企んでいたという証拠は十分だ。きみの一言で、僕たちはほかにも何か探りだせないかやってみて、彼を逮捕するに足りるだけのものが出てくれば、それについて何かできないか考えてみてもいいんだが」

まったくの不意打ちで、ローナは少し茫然《ぼうぜん》としてしまった。大事な人を強引に守ろうとするミッチの一面は、ローナが惹かれた彼の魅力の一つだった。

私もその大事な人に入れてもらえたらしいと彼女は胸が切なくときめいてくるのだった。

「私にはそれだけのお金もないし、もしあったとしても、そうしたいかどうか。あのころのいろんな出来事に比べれば、牧場を失ったことなど……些細《ささい》な問題だから」

「復讐《ふくしゅう》はしたくない？」

ローナは詰めていた息を吐いて、顔をそむけ、しばらく考えていたが、やがて首を振って相手を見た。

「あのころの嫌だったことすべてに仕返しを始めれば、どうなるかしら？　それがあってのいまの私の人生なんだし、過去を探ってトラブルをほじくりだすよりは、私はもう少し楽しいことをしたいわ」彼の目が満足そうにきらっと光ったのに気づかず先を続ける。「でも、大人になったいま、また何か起こったとしたら、手をこまねいてそれにいいようにされたりはしないけど」

「ああ、きみならね、お嬢さん」楽しそうにくすくす笑う。「このファイルを取っておくなり破り捨てるなり自由にしていいよ。これはいまはもうきみのものだから」彼は書類を差しだした。

ローナは受け取りかけて、その手がふいに止まった。「今夜はそれを見たくないわ」彼女は手を下げた。「差し支えなければ、私が帰るときまで、鍵をかけてそれをしまっておいてくださらない？　その辺に放《ほう》りだしておくのもまずいでしょうし」

「お好きなように」ミッチはデスクをまわっていって、書類を引き出しにしまい、鍵をかけた。それから鍵をポケットに入れ、またデスクをまわってきて、そこにもたれ、真剣なまなざしで彼女をまじまじと見た。「僕はきみの過去を探りだした。それを見のがすとも許すともまだ言ってくれてないね。僕はきみのプライバシーを侵害した、ミズ・ファレル。これからは知りたいことはすべて、直接きみに尋ねるつもりだ。そのときでもきみは、好きなように答えていいし、余計なお世話だと言ってくれてもいい」

彼の気持ちがじんときて、ローナはかすかにほほえんだ。「なぜあなたがそんなことをしたかわかるわ。だから、ええ、今回はそれを喜んで見のがしてあげるし、咎《とが》めたりはしないわ」

ミッチがふいに話題を変えたので、ローナはすぐにはついていけなかった。

「覚えてくれていたみたいだね」

そして、彼女の戸惑った顔を見てにっこりした。黒い瞳が、淡いブルーのサンドレスの上を愛撫《あいぶ》するように下がっていく。Vネックの襟は、はしたないほど深くはくれていないけれど、男性の目には魅力的と映るかもしれない。細い肩紐《ひも》のそのドレスは、上半身にぴったり沿い、きゅっと締まった腰から下は朝顔型に広がって、たっぷり十センチは膝上で終わっている。そして白いサンダルの華奢《きやしや》なヒールが女らしい脚の線を際だたせていた。

ミッチが声を低くする。「僕がそういうミニドレスが好きなのを覚えていてくれたんだ。襟ぐりが深くて、脚がかなり見えるほど短く、この上なくセクシー。そういうのにぽかんと見とれるカントリーボーイは僕だけではないと思うよ。だから、ありがとう、ローナ・ディーン。きみがドレスアップするとき、僕の好みを取り入れてくれて感謝してるよ」

ローナは頬のほころびを抑えきれなかったが、彼のことをおもしろがっているのか、照れ笑いなのかわからなかった。

どちらか決めかねているうちに、彼がぶっきらぼうに尋ねた。「子供は何人ほしい?」

その質問に稲妻に打たれたように彼女ははっとした。鼓動が狂ったように速くなり、甘い歓喜が巻き髭《ひげ》を広げるように広がっていく。懸命にそれを押し殺そうとしたけれど、彼の次の言葉にその努力は腰砕けになってしまった。

「子供の数で同意できない女性とは結婚できないと言っていただろう?」オーバーな反応は差し控えなければと、たったいま思いだしたかのように、ローナはスライディングドアの方をちらっと見た。すぐ近くに大勢の人がいて、簡単にのぞかれてしまいそうだった。「何人だ、ローナ?」

ローナは相手を見てそっと答えた。「せめて……六人は? そのうちの一人か二人は……養子とか?」

ミッチは胸で腕を組み、真剣に考えているようだった。「六はいい数だ。それに子供は子供だ。どんな子供でも結構。どの子も愛してやれるだろう。だが、それだけ多いと、きみの仕事に差し障りがないかな?」

彼の目はすでに答えを知っている目だった。「私はずっと家庭がほしかった」懸命に、穏やかな口調で話そうとする。「昔からあるような家庭が。私は家にずっといるつもりよ。でも、主人になる人にも子供を最優先に考えてもらわなくては」

「きみの主人になる人は、きみや子供たちが雨露をしのげるように、一日に少なくとも数時間はそれにあてなくてはならないだろう。だがその人はきっと、きみの子供だけでなくきみをも最優先にするだろう。きみのことをいちばん最優先にね」

「あなたが将来を予言するとは知らなかった。いつから……いつからそんなことをしていたの？」喜びが高まり、息が弾んでしまう。

「一週間ぐらい前からだ。きみの美しい目をのぞくたびに、僕にはそれが見える。だが、言っておくが、僕との結婚をきみに承諾させるために僕はなんだってやるからね」

けれど彼はまだこちらに近づく仕草一つしていない。ローナはもう一度ガラスのドアの方を見た。太陽が沈みかけていて、室内の明かりが二人を映画のスクリーン上のように照らしだしている。

ローナは彼に視線を戻し、黒い瞳の情愛のこもった誠実さに感動した。それでももう一言念を押さずにはいられなかった。「私たち、まだ知り合ってた八日よ」

ミッチがにっこりして、スライディングドアの方へ行き、カーテンを閉める紐を着実に引いていった。ローナの胸は心地よい興奮にときめきだした。彼が戻ってきて、椅子の両腕に大きな拳《こぶし》を置き、前屈《かが》みになった。ローナは思わず目を見張った。仰向けた顔に温かい息がかかり、彼のあまりの近さに震えが全身を走った。

「自分が何を望んでいるか僕はずっと前からわかっていたんだ」まるで怒っているような口調だった。

「探すべきものはわかっていたんだが、きみに出会って初めてそれが見つかった」

それからローナはやさしくキスをされ、思わず、相手の引き締まった頬に両手を当てていた。ミッチが心持ち体を引き、椅子の腕についていた拳を外してシャツのポケットに入れ、さらにもう少し二人の間にスペースを作って、大きなダイヤのついた金の指輪を差し上げてみせた。そして、ルビーがダイヤを取り巻いているその指輪をローナが茫然と見つめている間に、椅子の前に膝をつき、そっと彼女の左手を取った。

「これが気に入らなければ、どんな指輪でも好きなものをあげるよ」

「きれいだわ」声がうわずる。「完璧《かんぺき》よ」

うっとりした彼女の顔を見てミッチはにっこりした。「きみの返事をもらうまでは、この指輪をきみの指にはめるわけにはいかないんだよ、ローナ。どうか、お願いだ、ローナ・ディーン、僕はきみを愛している。僕と暮らして、僕がきみを見るたびに見える、すばらしい人生を共に作っていこうよ」

「私もあなたを愛しているわ」感動に胸が詰まり、声が思うように出ない。「すごく、すごく愛しているわ。答えはイエスよ」

幸せの小さな涙が一粒彼女の頬を伝った。ミッチは指輪を彼女の指にするっとはめ、かがみ込んで、唇をそっと重ねた。それはたちまち、官能の大火へとエスカレートしていった。

閉めたカーテンの外であがった拍手喝采《かっさい》の音に二人が気づいたとたん、その音はたちまち、カントリーバンドのにぎやかな《花嫁がやってきた》の演奏にかき消されてしまった。

そのあと、ミッチが来客の全員に婚約を正式に発表したとき、まるで天国の祝典のように、夜空いっぱいに仕掛け花火が広がった。

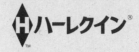

ハーレクイン・イマージュ　2003年5月刊（I-1604）

禁じられた結婚
2024年9月5日発行

著　　者	スーザン・フォックス
訳　　者	飯田冊子（いいだ　ふみこ）
発 行 人	鈴木幸辰
発 行 所	株式会社ハーパーコリンズ・ジャパン 東京都千代田区大手町 1-5-1 電話 04-2951-2000（注文） 0570-008091（読者サービス係）
印刷・製本	大日本印刷株式会社 東京都新宿区市谷加賀町 1-1-1
表紙写真	© Anasteisha ǀ Dreamstime.com

ISBN978-4-596-77725-6 C0297

◆◆◆◆ ハーレクイン・シリーズ 9月5日刊 発売中

ハーレクイン・ロマンス

愛の激しさを知る

黄金の獅子は天使を望む	アマンダ・チネッリ／児玉みずうみ 訳	R-3901
嵐の夜が授けた愛し子《純潔のシンデレラ》	ナタリー・アンダーソン／飯塚あい 訳	R-3902
裏切りのゆくえ《伝説の名作選》	サラ・モーガン／木内重子 訳	R-3903
愛を宿したウエイトレス《伝説の名作選》	シャロン・ケンドリック／中村美穂 訳	R-3904

ハーレクイン・イマージュ

ピュアな思いに満たされる

声なき王の秘密の世継ぎ	エイミー・ラッタン／松島なお子 訳	I-2817
禁じられた結婚《至福の名作選》	スーザン・フォックス／飯田冊子 訳	I-2818

ハーレクイン・マスターピース

世界に愛された作家たち
～永久不滅の銘作コレクション～

伯爵夫人の条件《特選ペニー・ジョーダン》	ペニー・ジョーダン／井上京子 訳	MP-101

ハーレクイン・ヒストリカル・スペシャル

華やかなりし時代へ誘う

公爵の花嫁になれない家庭教師	エレノア・ウェブスター／深山ちひろ 訳	PHS-334
忘れられた婚約者	アニー・バロウズ／佐野　晶 訳	PHS-335

ハーレクイン・プレゼンツ作家シリーズ別冊

魅惑のテーマが光る
極上セレクション

カサノヴァの素顔	ミランダ・リー／片山真紀 訳	PB-392

※予告なく発売日・刊行タイトルが変更になる場合がございます。ご了承ください。

9月13日発売 ハーレクイン・シリーズ 9月20日刊

ハーレクイン・ロマンス
愛の激しさを知る

王が選んだ家なきシンデレラ　ベラ・メイソン／悠木美桜 訳　R-3905

愛を病に奪われた乙女の恋　ルーシー・キング／森　未朝 訳　R-3906
《純潔のシンデレラ》

愛は忘れない　ミシェル・リード／高田真紗子 訳　R-3907
《伝説の名作選》

ウェイトレスの秘密の幼子　アビー・グリーン／東　みなみ 訳　R-3908
《伝説の名作選》

ハーレクイン・イマージュ
ピュアな思いに満たされる

宿した天使を隠したのは　ジェニファー・テイラー／泉　智子 訳　I-2819

ボスには言えない　キャロル・グレイス／緒川さら 訳　I-2820
《至福の名作選》

ハーレクイン・マスターピース
世界に愛された作家たち
～永久不滅の銘作コレクション～

花嫁の誓い　ベティ・ニールズ／真咲理央 訳　MP-102
《ベティ・ニールズ・コレクション》

ハーレクイン・プレゼンツ作家シリーズ別冊
魅惑のテーマが光る
極上セレクション

愛する人はひとり　リン・グレアム／愛甲　玲 訳　PB-393

ハーレクイン・スペシャル・アンソロジー
小さな愛のドラマを花束にして…

恋のかけらを拾い集めて　ヘレン・ビアンチン 他／若菜もこ 他 訳　HPA-62
《スター作家傑作選》

文庫サイズ作品のご案内

◆ハーレクイン文庫・・・・・・・・・・・・・毎月1日刊行
◆ハーレクインSP文庫・・・・・・・・・・・毎月15日刊行
◆mirabooks・・・・・・・・・・・・・・・・・毎月15日刊行

※文庫コーナーでお求めください。